그 애를 만나다

푸른도서관 82

그 애를 만나다

초판 발행/2019년 3월 15일
초판 3쇄/2021년 5월 15일

지은이/ 유니게
펴낸이/ 신형건
펴낸곳/ (주)푸른책들
등록/ 제321-2008-00155호
주소/ 서울특별시 서초구 양재천로7길 16 푸르니빌딩 (우)06754
전화/ 02-581-0334~5 팩스/ 02-582-0648
이메일/prooni@prooni.com 홈페이지/www.prooni.com
인스타그램/@proonibook 블로그/blog.naver.com/proonibook

글 © 유니게, 2019

ISBN 978-89-5798-637-0 03810

이 도서의 국립중앙도서관 출판시도서목록(CIP)은 서지정보유통지원시스템 홈페이지(http://seoji.nl.go.kr)와
국가자료공동목록시스템(http://www.nl.go.kr/kolisnet)에서 이용하실 수 있습니다.
(CIP제어번호: CIP2019002410)

(주)푸른책들은 도서 판매 수익금의 일부를 초록우산 어린이재단에 기부하여
어린이들을 위한 사랑 나눔에 동참합니다.

그 애를 만나다

유니게 지음

푸른책들

|차례|

1. 골목에서

골목 앞에 설 때면 현기증이 일었다. 길고 좁은 길과 시멘트 담벼락, 어설프게 보수 공사를 끝낸 서로 다르면서도 서로 닮은 낮고 작은 집들, 금이 간 곳마다 기를 쓰고 뚫고 나오는 이끼와 잡풀, 어디서 흘러나오는지 알 수 없는 퀴퀴한 냄새, 숨이 막힐 것 같은 음산한 공기.

일흔여섯 발자국을 걸어가면 외할머니 집이다. 외할머니의 집을 지나서도 골목은 계속 이어진다. 골목의 끝을 보려면 모퉁이를 돌아야 한다. 나는 모퉁이 너머를 곁눈질할 엄두조차 나지 않았다. 골목이 지독한 생명력을 지닌 독초처럼 계속해서 뿌리를 뻗고 있을 것만 같았다.

이따금 가도 가도 끝이 없는 골목에 갇혀 버리는 상상을 했다. 골목은 오도 가도 못하는 나를 뱀처럼 휘감고 꽉 죄어서는 숨통을 틀어막고 결국엔 삼켜 버릴지도 모른다.

"누구냐?"

초인종을 누르자 슬리퍼 끄는 소리와 함께 할머니가 나왔다.

"저예요."

덜컹, 붉은 녹으로 뒤덮인 철문이 열렸다.

"다녀왔습니다."

나는 세상에서 가장 형식적인 인사를 했다.

"문 잘 닫아라."

세상에서 가장 퉁명스러운 대답이 돌아왔다.

할머니는 뒤도 안 돌아보고 집 안으로 들어가 버렸다. 할머니는 늘 그렇게 퉁명스러웠다. 처음에는 계속 화가 나 있는 줄 알았다. 알고 보니 그냥 말투가 그런 거였다. 말투뿐 아니라 표정도 그랬다. 웃는 방법을 잊어버린 게 분명하다.

할머니와 할머니의 집은 서로 닮았다. 할머니는 희뿌연 머리카락을 아침저녁으로 빗질하고, 매일 새로 빤 옷으로 갈아입는다. 하지만 소용없다. 할머니의 머리카락은 윤기 하나 흐르지 않는다. 오래된 스웨터는 보풀이 잔뜩 일어났고, 블라우스는 싸구려 티가 팍팍 난다.

할머니의 집도 마찬가지다. 허물어져 가는 골목에서 자존심을 지키듯 이 집은 몇 차례나 보수 공사를 해야 했다. 하지만 어설픈 보수 공사로는 마당 한쪽 작은 텃밭을 들락거리는 쥐새끼들조차 막지 못한다. 골목을 떠돌아다니는 퀴퀴한 냄새는 할머니 집 담장을 넘어 마루며 방까지 침투했다.

오래된 유리창은 이미 투명한 빛을 잃어버렸다. 걸을 때마다 삐거덕 소리를 내는 닳고 닳은 마룻바닥은 언젠가 폭삭 내려앉을 것이다. 도대체 언제 만들어진 것인지 가늠이 안 되는 냉장고에서는 윙윙 모터 돌아가는 소리가 끊이질 않고, 문을 열 때마다 시큼한 김치 냄새가 진동을 한다. 부엌은 너무 작아서 식탁 같은 것은 존재해 본 적이 없다. 그보다도 더 작은 화장실은 초가을인데도 벌써 냉기가 돈다.

할머니도, 할머니의 집도 말할 수 없이 후지다.

"밥 먹어라."

할머니는 저녁 밥상을 들이밀었다. 시계를 보니 5시 47분. 6시도 채 되기 전에 저녁밥을 먹는 일은 도무지 익숙해지지가 않는다.

"엄마는요?"

대답 대신 할머니가 작은 방을 힐긋 쳐다보았다. 오늘도 엄마의 방문은 굳게 닫혀 있다. 아빠에게 소식이 오지 않은 게 분명했다.

할머니는 청국장 국물에 비빈 밥을 숟가락 가득 퍼먹었다. 어제저녁부터 먹은 청국장과 시어 빠진 김치, 그리고 텃밭에서 직접 기른 상추가 반찬의 전부다. 상추를 먹을 때마다 나는 텃밭을 들락거리던 쥐새끼를 떠올렸다. 도저히 목구멍으로 밥이 넘어가지 않았다. 구역질이 올라오려고 했다.

"먹기 싫으면 치워 버려라. 아직 배가 덜 고파서 그런 게지."

방심한 사이, 할머니의 타박이 날아왔다.

저녁 식사 후에 할머니는 늘 TV를 봤다. 볼륨을 어찌나 크게 틀어 놓는지 머리가 지끈거렸다. 설거지는 늘 내 몫이었다. 할머니는 그게 아주 당연한 일이라고 생각하는 듯했다. 참고로 내가 열일곱 살이 되도록 엄마는 한 번도 설거지를 시킨 적이 없었다. 할머니의 부엌에는 고무장갑도 없었다. 맨손으로 설거지를 할 때마다 우리 집이 망했다는 사실을 실감했다. 차가운 물에 기름때가 안 질까 봐 문지르고 또 문지르다 수세미를 냄비 속에 내팽개쳤다. 나는 한숨을 쉬며 오른쪽 방을 향해 눈을 흘겼다.

할머니 집에는 고만고만한 방이 세 개 있었다. 엄마는 그중 하나에 자리를 펴고 누워 시도 때도 없이 잠을 잤다. 엄마가 밥은 먹는 것인지, 화장실은 가는 것인지 도무지 알 도리가 없었다. 지난 한 달 동안 엄마는 한 번도 집 밖으로 나가지 않았다. 한 발자국도 골목에 발을 내딛지 않았다.

나는 그런 엄마가 차라리 부러웠다. 꿈속에서는 모든 것을 잊어버릴 수 있을 테니까. 꿈속에서는 다른 현실이 기다리고 있을 테니까. 어쩌면 꿈속에서 엄마는 우리가 살던 아파트 거실 창가에서 햇볕을 쬐며 우아하게 차를 마시고 있을지도 몰랐다.

문득 억울하다는 생각이 몰려왔다. 왜 나만 이 골목을 매일 지나다녀야 하는 것일까? 왜 나만 누군가에게 발각되기라도 할까 봐 가슴을 졸여야 하는 것일까?

이따금 창문을 흔드는 바람 소리가 들려왔다.

휴……. 휘유…….

나는 그게 진짜 바람 소리인지 한숨 소리인지 헷갈렸다. 아마도 이 골목에 사는 사람들의 한숨 소리가 엮여서 만들어진 바람 소리인 것 같다.

2. 비행 중 불시착

한 달 전, 우리는 외할머니의 집으로 이사를 했다. '우리'가 우리 가족 모두를 말하는 것은 아니다. 아빠는 오지 못했다. 아빠는 어디론가 사라졌다. 그곳이 어딘지 아무도 모른다. 파산 이후, 아빠의 행방은 묘연했다.

오빠는 군대에 있기 때문에 이곳에 올 필요가 없었다. 외할머니의 집 말고 갈 곳이 있다는 점만으로도 나는 오빠가 미치도록 부러웠다.

언니는 같이 이사를 오긴 했지만 좀처럼 집에 들어오지 않았다. 많은 날을 친구 자취방에서 생활했다. 며칠 전부터 아르바이트를 시작한 이유도 월세를 부담하기 위해서였다. 아빠가 파산한 이후 언니는 2년 넘게 사귄 남자 친구와 헤어졌다. 먼저 헤어지자고 한 쪽은 언니였다. 언니는 그동안 선물로 받은 명품백과 액세서리들을 커다란 상자에 넣어서 택배로 부쳤다. 남자 친구가 돌려달라고 말한 것은 아니었다. 언니는 단지 예의를 알았을 뿐이다. 언니는 며칠 동안 밥도 먹지 않고 펑펑 울었다. 며칠 만에 방에서 나온 언니는 마치 유령처럼 보였다.

나는 다니던 학교를 그만두어야 했다. 다니던 학원과 화실도 마찬가지였다. 오랫동안 함께 지내온 친구들과도 헤어졌다. 그러고는 한 번도 찾아와 본 적이 없는 외할머니의 집에 거의 빈손으로 들어왔다. 내 방에 있던 가구들과 소품들과 옷가지들이 모두 어디로 사라진 건지 도무지 알 수 없었다.

잃어버린 것은 물건만이 아니었다. 나는 나 자신이 미치도록 낯설었다. 이전의 나는 공중으로 사라져 버린 것 같았다. 마치 영혼을 잃어버린 것처럼.

상황을 이 지경으로 만들어 놓고 아빠는 사라졌다.

"오죽했으면……."

할머니는 이따금 혀를 차며 말했다.

엄마는 끙끙 앓아누워 있는 중에도 휴대폰 배터리는 꽉 충전해 두었다. 아빠가 염려되어서라기보다는 아직 아빠한테 실낱같은 희망을 품고 있어서였다.

아빠는 자수성가한 사람이었다. 가난한 집에서 태어났지만 명문 대학을 나와 대기업을 다니다가 사업을 시작했다. 몇 번의 고비도 있었지만 그때마다 일어섰다. 아빠는 강하고 유능했다. 아빠의 회사는 날로 번창했다. 내가 태어났을 때 우리 집은 이미 부자였고, 나는 돈이란 본래 그렇게 흔한 것인 줄 알았다. 엄마도, 아빠 친구들도, 회사 직원들도 하나같이 입버릇처럼 아빠가 대단한 사람이라고 말했다.

게다가 이런 동네에서 태어나고 자란 엄마를 구출해 준 사람도 아빠였다. 엄마는 아빠와 결혼한 이후로 이 골목을 다시 찾아오지 않았다. 나도 이전에는 한 번도 외할머니 집에 온 적이 없었다.

나도 엄마와 같은 이유로 아빠를 기다렸다. 아빠가 걱정되지 않는 것은 아니다. 하지만 그보다는 이렇게 사는 게 미칠 것 같다. 매일 악몽을 꾸는 기분이다.

분명히 나는 비행 중이었다. 저 멀리서 착륙 지점을 알리는 불빛이 반짝였다. 때로는 희미하게, 때로는 선명하게. 나는 그 빛을 놓치지 않기 위해 노력해 왔다. 경로를 벗어나서는 안 되었다. 내가 타고 있는 비행기는 크고 견고해 목적지에 정확히 도착하는 것 외에 다른 것은 상상도 할 수 없었다.

꽝!

도대체 무슨 일이 일어난 것일까? 나는 도무지 상상도 할 수 없는 곳에 떨어지고 말았다. 나는 지금 꿈을 꾸고 있는 것일까? 지독한 악몽을? 그렇다면 언제쯤 이 꿈에서 깨어날 수 있을까? 착륙 지점을 알리는 불빛은 이제 희미하다 못해 꺼져 버릴 것만 같았다.

차라리 눈을 감고 꾸는 꿈이라면 좋겠다. 가위에 눌려서 고통스럽게 허우적거리더라도, 눈을 뜨는 순간 모두 사라져 버릴 테니까.

　불행하게도 나의 악몽은 매일 아침 눈을 뜨면서부터 시작된다. 악몽에서 깨어나기 위해 나는 매일 밤 일찍 잠자리에 들었다.

3. 집시의 노래

"집시라고 하면 대부분 매혹적인 붉은 의상을 입고 플라멩코를 추는 여인들을 떠올리지. 하지만 집시들의 삶은 사실 무척 고단하고 비참했어. 예로부터 집시들은 한곳에 정착하지 않고 유랑생활을 했단다. 떠돌이 집시들이 살아가는 방법은 춤과 노래, 마술을 이용해서 거리에서 공연을 하는 것이었지."

음악 선생님의 말은 허공을 맴돌 뿐이었다. 아무도 귀 기울여 듣지 않았다.

내가 앉은 곳은 창가 맨 끝자리였다. 가을 햇볕이 정수리를 뜨겁게 달궜다. 옆에 앉은 지수라는 아이는 아까부터 꾸벅꾸벅 졸고 있었다. 쉬는 시간을 알리는 종이 울리면 지수는 두 눈을 반짝 뜨고 수학 문제를 풀 것이다. 지수는 그게 취미라도 되는 양 시도 때도 없이 수학 문제를 풀었다. 지수의 수학 문제집은 손때로 이미 새카맸다.

할머니는 엄마가 이 학교를 졸업했다고 말했다. 그리고 엄마가 공부를 꽤 잘했다고 덧붙였다. 분명히 엄마를 칭찬하는 말이었는데, 그 말이 떨어지기가 무섭게 엄마는 할머니를 매섭게 노려보았다. 왜 그랬을까? 엄마의 표정이 하도 무서워서 나는 그 이유를 물어보지 못했다.

엄마가 졸업한 학교라고 해서 특별한 감흥이 있는 것은 아니다. 나는 이 추레한 학교가 싫다. 아이들도 어딘가 어설프고 우스워 보였다. 그래도 혼자 지낼 수는 없어서 지수와 함께 밥을 먹고 간혹 대화를 했다. 대화라고 해 봤자 형식적인 이야기였다. 이 낯선 학교에서 버티기 위한 간단하고 기초적인 정보들이었다.

"많은 예술가들이 집시들로부터 영감을 받았지. 자, 이제 그중 한 곡을 들어 보자. 사라사테의 '지고이네르 바이젠, 집시의 노래'."

애잔하면서도 화려한 바이올린 선율이 교실을 가득 메웠다. '예술가'라는 단어와 '영감'이라는 단어가 귀에 꽂혔다. 영감을 받았다고? 집시들로부터? 연주를 좀 더 잘 듣기 위해 숨을 죽이고 귀를 기울였다. 그런데 더 잘 들으려고 하면 할수록 바이올린 소리는 점점 멀어졌다. 나는 술래잡기를 하는 기분이 들었다. 술래인 내가 잡으려고 하면 할수록 음악 소리는 점점 더 멀리 도망가 버렸다.

대신 정체를 알 수 없는 소리가 나를 다그쳤다.

집중해! 집중하라고. 그러다가 어쩌려고 그래.

　그 소리는 점점 더 커졌다. 고막이 찢어질 것만 같아 나는 두 손으로 귀를 틀어막았다. 갑자기 숨이 막혔다. 나는 급히 숨을 들이마시며 심호흡을 했다.

　어느새 집시의 노래가 끝났다. 영감은커녕 나는 아무것도 듣지 못했다.

　종이 울리고 수업 시간이 끝났다. 지수는 음악 선생님이 교실 밖으로 나가기도 전에 수학 문제집을 꺼냈다.

　"어디까지 풀었더라."

　흥미진진한 표정으로 혼잣말을 하며 지수는 침을 꼴깍 삼켰다.

4. 차갑고 슬픈 눈

"넌 이게 왜 보고 싶었어?"

승우오빠가 고개를 갸우뚱하며 물었다.

"집시들이 예술가들에게 영감을 많이 주었다잖아."

그것도 모르냐는 듯, 나는 눈을 흘겼다. 어떻게든 잘난 체를 하고 싶은 날이었다.

"그래?"

승우오빠는 여전히 이해할 수 없다는 표정이었다.

인터넷 검색창에 '집시'를 치자 집시 사진 전시회가 떴다. 나는 두 달 만에 승우오빠와 만나는 장소로 요세프 쿠델카의 집시 사진 전시회를 선택했다.

승우오빠는 달라진 게 없었다. 부드러운 미소와 세련된 외모도 그대로였다. 승우오빠의 눈에 나는 어떻게 비춰지고 있을까? 일부러 나는 가장 비싼 옷을 입고 언니가 놓고 간 향수도 살짝 뿌렸다. 아침에 거울에 비춰 봤을 때는 머리카락이 좀 자란 것 말고는 예전과 달라진 게 없었다.

매표소와 연결된 작은 카페는 꽤 붐볐는데 정작 전시실에는 사람이 거의 없었다. 천천히 걸으며 벽에 걸린 흑백 사진들을 하나하나 살펴보았다. 좁고 허름한 공간에 아홉 명의 가족이 쭈그리고 앉아 커다란 그릇에 담긴 음식을 함께 떠먹는 사진, 술에 취해 잠든 남자 옆에서 남은 술을 마시며 노는 아이들, 말할 수 없이 남루한 옷을 껴입은 여자아이가 벌판에 널브러져 있는 모습, 흙먼지가 뿌옇게 일어나는 비포장도로를 수레에 짐을 싣고 가는 가족……

사진은 충격적일 만큼 처참했다. 매혹적인 붉은 의상을 입고 플라멩코를 추는 여인들은 찾아볼 수 없었다. 도대체 예술가들은 이 사람들로부터 어떤 영감을 받았다는 것일까?

"가난이……."

승우오빠가 무슨 말인가 하려다가, 움찔하며 내 눈치를 살폈다. 나는 뒤늦게 '가난'이라는 단어를 의식했다. 승우오빠는 마치 금기어를 내뱉은 양 난처해하는 표정을 짓고 있었다. 갑자기 기분이 더러워졌다. 그다음부터 그림이 달리 보였다. 집시들의 낡고 더럽고 추한 공간이 외할머니의 집 골목을 메우고 있는 작고 낮은 집들인 것만 같았다. 가슴이 답답해지고 숨이 막혀 왔다. 승우오빠를 이런 공간으로 데리고 오다니, 나는 수치심으로 온몸이 불타오를 것만 같았다.

전시관을 나오던 중 무심코 뒤를 돌아보았다. 그 순간 사진

속 한 소녀와 눈이 마주쳤다. 헝클어진 머리카락, 더럽혀진 원피스, 그리고 무언가를 경계하는 듯한 차가운 눈빛, 불안하고 슬픈 눈빛, 마음을 찌르는 애잔한 눈빛.

어쩐지 오래도록 소녀의 눈빛을 떨쳐 버리지 못할 것만 같은 기분이 들었다. 괜히 돌아보았다는 후회가 밀려왔다.

5. 서로 다른 우주

저녁은 승우오빠 화실 근처에서 먹기로 했다. 세 달 전에는 나도 다녔던 곳이었다. 상관없는 척 씩씩하게 굴었지만, 불안하고 짜증났다.

"이거랑 이거랑 이거, 이렇게 시킬까?"

승우오빠가 손가락으로 메뉴 몇 개를 가리켰다. 모두 우리가 즐겨 먹던 음식이었다.

"너무 많지 않아? 오빠 배고파?"

"너 이사 가서 자주 못 오잖아. 네가 좋아하는 거 다 먹고 가야지."

승우오빠가 미소를 지었다.

하지만 나는 차갑게 시선을 돌렸다. 이사 가서 자주 못 온다는 말이 가난하고 돈이 없어서 자주 못 먹는다는 말로 들렸다. 언니가 남자 친구와 헤어지며 명품백과 액세서리들을 모두 돌려주었던 심정을 알 것 같았다.

"됐어. 나 배 안 고파."

나는 승우오빠가 여전히 들여다보고 있는 메뉴판을 빼앗아서는 탁 덮어 버렸다. 그제야 승우오빠가 내 눈치를 살폈다.

"나 곧 고3 올라가잖아. 같이 밥 먹을 시간도 별로 없을 것 같아서 그런 거야."

"누가 뭐래?"

톡 쏘아붙이고 나니 뒤늦게 후회가 밀려왔다. 까다롭게 굴 필요는 없었는데······.

수프와 빵과 샐러드가 먼저 나왔다. 따뜻한 수프를 한 스푼 떠먹고, 빵을 떼어 발사믹 오일에 찍어 먹었다. 낯익으면서도 낯선 맛이 입안을 감돌았다. 곧이어 스테이크와 파스타, 리조또가 차례로 나왔다. 나는 기분이 상했던 것도 잊어버리고 식사에 빠져들었다. 이런 종류의 식사는 거의 세 달 만이었다.

"배 안 고프다며?"

승우오빠가 파스타 접시를 내 쪽으로 밀어 주며 미소를 지었다. 귀엽다는 표정이었다. 우리가 처음 사귀기 시작할 무렵에 많이 보던 표정이었다.

승우오빠가 나에게 사귀자고 했을 땐 내심 깜짝 놀랐다. 나는 예쁜 애가 아니다. 게다가 사교적이거나 재밌지도 않았다. 나는 승우오빠와 사귀는 대신 속닥속닥 뒤에서 수군거리는 소리와 질투 어린 시선을 견뎌야 했다. 아마 지금쯤 그 아이들 사이에서 승우오빠를 놓고 쟁탈전이 벌어지고 있을지도 모른다.

"얘가 누구야? 민정이 아니니?"

내 이름을 부르는 소리에 고개를 들어 보니 저쪽에서 승우오빠의 엄마가 다가오고 있었다. 나는 채 삼키지 못한 음식물을 입에 가득 문 채 목례를 했다. 잘못한 것도 없는데 얼굴이 빨갛게 달아올랐다.

"이사 간 곳은 괜찮니?"

승우오빠의 엄마가 승우오빠 옆자리에 엉덩이를 들이밀며 물었다.

나는 고개를 끄덕이며 더 이상은 묻지 않기를 간절히 바랐다. 힐끔힐끔 나를 관찰하는 시선을 피하기 위해 점점 더 고개가 떨어졌다.

"엄마는 여기 무슨 일이세요?"

승우오빠도 당황한 얼굴이었다.

"화실 엄마들 모임이 있었어. 안 그래도 다들 민정이 소식을 궁금해했는데 이렇게 만나네."

"그 아줌마들은 남의 일에 왜 그렇게 관심이 많대요? 다들 너무 한가해서 문제라니까."

"엄마는 안녕하시지?"

아줌마가 승우오빠에게 눈을 흘기고는 다시 나에게로 시선을 돌렸다. 두 눈에 불순한 호기심이 가득했다.

엄마는 방에 처박혀서 누워만 계세요, 라고 말할 수는 없어서 나는 그냥 고개를 끄덕였다.

"엄마, 우리도 바빠요. 우리도 오랜만에 본 거란 말이에요.

이제 곧 화실 들어가 봐야 하니까 엄마는 이제 그만 비켜 주세요."

"하긴 민정이도 빨리 들어가 봐야겠구나. 집도 멀 텐데……."

아줌마가 자리에서 일어나다가 도로 앉았다.

"민정아, 우리 승우 고3 되는 거 알지? 공부도 해야 하고 실기도 준비해야 하니까 너무 불러내지 마라. 이전처럼 화실에서 만나는 거야 상관없지만, 이렇게 따로 시간을 내려면 아무래도 방해가 되지 않겠니?"

아줌마의 목소리는 부드러우면서도 단호했다.

"엄마는 왜 쓸데없는 소리를 해? 안 그래도 디저트만 먹고 화실 가려고 했어."

승우오빠가 아줌마를 밀어냈다. 아줌마가 마뜩찮은 표정으로 총총히 사라졌다.

디저트가 나왔지만 나는 손도 대지 않았다. 전화를 거는 쪽은 매번 승우오빠였다고 말하지 못한 게 못내 억울했다. 맞은편에 앉아 아이스크림을 떠먹는 승우오빠가 아주 멀게 느껴졌다. 마치 다른 우주에 있는 사람처럼 보였다.

승우오빠와 헤어져 지하철을 타러 가는데 같이 화실에 다녔던 아이들 세 명이 몰려왔다. 나를 지나쳐 가길 바랐지만, 현실은 늘 내 바람과는 거꾸로 흘러갔다.

"민정아! 민정이 맞지?"

그중 한 명이 내 이름을 불렀다. 나는 입술을 꼭 깨물었다.

"정말 민정이네. 너 어떻게 된 거야? 왜 갑자기 전학을 갔어? 너희 집 무슨 일 있어?"

재수가 없는 날이었다. 애초에 이곳에 오질 말았어야 했다.

"미안해. 나 좀 늦어서……."

"거기에서도 화실 다니는 거야?"

"그렇지, 뭐."

"그럼, 다음에 꼭 연락해."

나는 대답을 얼버무리고 도망치듯 아이들 사이를 빠져나왔다.

"소문이 진짜인가 봐."

"무슨 소문?"

"몰라? 쟤네 집 완전히 망했대."

"정말이야? 어떡하니, 민정이 불쌍해서……."

아이들이 수군거리는 소리가 들려왔다. 나는 빠르게 걷지 않으려고 노력했다. 아이들이 지켜보고 있을 것이다. 도망치는 것처럼 보이고 싶지 않았다. 등 뒤로 꽂히는 아이들의 시선이 따가웠다.

그 순간 집시 사진 전시회에서 보았던 소녀의 얼굴이 떠올랐다. 나는 헝클어진 머리카락에 더러운 옷을 입은 집시 계집애가 된 기분이 들었다. 아이들은 나를 충격과 연민이 가득한 눈으로 보고 있을 것이다.

지하철 안에서도 나는 사람들을 피해 문가에 섰다. 누군가 나에게서 냄새난다고 말할 것만 같았다. 골목과 할머니 집을 떠도는 퀴퀴한 냄새가 어느새 나에게도 배어 있을지도 모른다. 언니의 향수로도 냄새를 지울 수 없었을지도 모른다. 승우오빠도 그 냄새를 맡았을까?

억울했다. 나는 아무 짓도 하지 않았는데…… 나는 그냥 나 자신일 뿐인데……. 왜 다른 사람이 된 것만 같을까? 내 몸을 구성하는 세포 하나하나까지, 내 혈관을 흐르는 피까지 모두 변질되어 버린 것만 같다.

지하철에서 내려 버스를 탔다. 버스를 타고도 20분을 더 들어가야 했다. 골목에 도착했을 때는 이미 어둠이 차올라 있었다. 희미한 가로등 불빛 속에서 골목은 더 음침하고 남루했다. 다닥다닥 붙은 집들 속에는 집시 가족들이 살고 있을 것만 같았다.

우리는 이 골목을 빠져나갈 수 있을까? 아빠는 언제쯤 돌아올까? 아빠가 영영 돌아오지 않을 것만 같은 아득한 기분이 들었다. 다리가 휘청했다.

이 골목의 다른 이름은 절망이었다.

6. 고작 김치볶음밥

"이제 오니?"

학교에서 돌아오니 웬일로 엄마가 마루에 나와 있었다.

외할머니 집으로 이사 온 후로 엄마가 자리에서 일어난 모습을 본 것은 처음이었다. 푸석푸석하게 부은 얼굴, 햇빛을 못 봐서 허여멀개진 낯빛, 초점마저 흐려진 기운 빠진 눈. 나는 낯설어진 엄마의 얼굴을 멀뚱히 바라보았다.

"배고프지?"

배만 고프겠어? 따지고 싶은 마음을 꾹 눌렀다. 간신히 밖으로 나온 엄마를 도로 방으로 밀어 넣을 수는 없었다.

"뭘 좀 해 줄까?"

엄마는 냉장고 문을 열고 한참을 살펴보았다. 마땅한 재료를 찾을 수 없는 게 분명했다. 할머니의 집에서 산 두 달 동안, 나는 체중이 3킬로그램이나 줄었다.

"김치볶음밥 해 먹자."

엄마가 시큼한 냄새가 진동을 하는 김치통과 반쯤 먹다 남은 햄을 꺼냈다. 할머니의 오래된 나무 도마를 꺼내더니 엄마는 인상을 잔뜩 찌푸렸다. 도마에 칼자국이 백만 개는 새겨져 있었다. 엄마는 도마를 다시 제자리에 집어넣고 가위로 김치를 댕강댕강 잘랐다. 햄은 접시에 놓고 과도로 잘랐다.

예전의 엄마는 뭐든 제대로 하는 것을 좋아했다. 엄마의 주방에는 다양한 요리 도구가 있었다. 육류냐 채소냐, 익은 음식이냐 생식이냐에 따라 사용하는 도마도 칼도 모두 달랐다.

엄마는 커피에도 까다로워서 단골 카페를 통해서만 원두를 구입했다. 그러고는 아침에는 영국제 찻잔에, 저녁에는 덴마크제 찻잔에 커피를 마셨다. 엄마가 가장 아끼는 러시아 황실 찻잔을 사용할 때는 고액 과외 선생님이나 화실 친구 엄마들이 찾아올 때였다. 그럴 때면 엄마는 유독 신경을 썼다. 승우오빠 엄마도 그중 한 명이었다.

"햄은 스팸을 넣어야 하는데…… 굴소스도 없고……."

엄마가 난감한 표정으로 김치볶음밥을 그릇에 덜어 냈다.

나는 숟가락을 들고 김치볶음밥을 묵묵히 떠먹었다.

"먹을 만하니?"

엄마가 내 표정을 살폈다.

나는 고개를 끄덕였다. 이곳에 와서 먹은 음식 중 유일하게 음식다웠다.

"살이 쏙 빠졌네."

엄마는 코를 훌쩍였다.

"아빠한테서 연락 왔어?"

아까부터 궁금했던 질문을 이제야 물었다.

"아직."

엄마의 대답을 듣자, 눈물이 핑 돌았다.

"엄마가 어떻게든 화실은 보내 줄게."

"무슨 수로?"

"어떻게든 해 볼게."

엄마가 시선을 피했다. 엄마의 입에서 깊은 한숨이 새어 나왔다. 염색을 한 지 오래되어서 흰머리가 셀 수 없이 많이 드러났다. 눈 밑에는 다크서클이 잔뜩 내려와 있었다.

예전의 엄마가 아니었다. 더 이상 엄마만 믿고 따라오라던 예전의 자신만만한 엄마가 아니었다. 이제 엄마가 해 줄 수 있는 게 고작 김치볶음밥이라고 생각하니, 식욕이 뚝 떨어졌다. 나는 숟가락을 내려놓고 자리에서 일어났다.

"더 먹지, 왜?"

"배불러."

방으로 들어왔다. 등 뒤로 엄마의 한숨 소리가 다시 들렸다.

이불을 뒤집어쓰고 드러누웠다. 방바닥에서 냉기가 올라왔다. 화실 앞에서 만났던 아이들이 떠올랐다. 아이들이 수군거리는 소리가 이명처럼 귓가에 울렸다.

쟤네 집 망했대. 완전히 망했대. 어떡하니, 민정이 불쌍해서…….

속이 부글부글 끓었다.

7. 일류가 되기 위해

엄마는 늘 내가 훌륭한 화가가 될 거라고 말했다. 하지만 나는 알고 있었다. 엄마가 바라는 것은 화가가 되는 것보다도 '일류'라는 타이틀이었다. 무엇보다도 명문 대학에 들어가는 것이었다.

오빠도 언니도 명문 대학에 들어갔다. 오빠는 어려서부터 공부를 잘했다. 오빠처럼 똑똑한 아이들 몇몇이 이름난 과외 선생님을 모셔다가 함께 수업을 받는 팀 과외도 끊임없이 했다. 오빠는 무난히 명문 대학에 들어갔다.

언니는 오빠처럼 똑똑하지는 않았지만 엄마의 지극한 정성 덕분에 무사히 명문 대학에 들어갈 수 있었다. 인기 학과는 아니었지만 만족스러운 결과였고, 엄마는 흡족해했다. 우리는 하와이로 가족 여행을 갔다. 파인애플이 잔뜩 들어간 토속 음식을 먹으며 아빠는 언니가 아닌 엄마의 등을 두드려 주었다.

이제 내 차례였다.

"지금까지 그림 많이 그렸지? 이제부턴 본격적으로 그리는 거야."

고등학교 입학식을 다녀오는 길에 엄마가 말했다.

나는 어려서부터 그림 그리는 것을 좋아했다. 색연필이든 크레파스든 물감이든 손에 잡히는 대로 쥐고 그림을 그렸다. 교과서와 공책에도 귀퉁이마다 그림을 그려 놓아서 엄마에게 야단을 맞기도 했다. 엄마는 공부는 안 하고 쓸데없는 짓만 한다고 핀잔을 주었지만, 나는 낙서 같은 그림을 계속 그렸다.

그런데 초등학교 4학년 여름 방학부터 엄마가 달라졌다. 엄마는 내 손을 붙잡고 화실에 갔다. 아동미술부터 입시미술까지 가르치는 학원이었다. 나는 선생님이 하라는 대로 그림을 그리기 시작했다. 시간이 갈수록 내 그림은 점점 더 그럴 듯해졌다. 아이가 아니라 어른이 그렸다고 해도 믿을 만한 수준이었다. 학교에는 나처럼 전문적인 학원에서 미술 교육을 받는 아이들이 거의 없었다. 같은 반 아이들은 내 그림을 보고 눈이 휘둥그레졌다. 선생님들도 칭찬을 아끼지 않았다.

엄마는 내가 그린 그림을 하나도 버리지 않고 모아 두었다. 몇 점은 액자에 끼워 벽에 걸어 두기까지 했다. 내 용기를 북돋아 주기 위해 아빠의 친척 중에서 화가를 찾아내기도 했다. 일찍이 브라질로 이민을 간 아빠의 고모할머니가 그림을 아주 잘 그렸다고 했다. 나는 그분의 예술가 혈통을 이어받은 것이다. 엄마가 만들어 낸 스토리는 아주 그럴 듯했다. 나는 멋지고 대단한 화가가 되는 꿈을 꾸며 황홀해했다.

학교 대표로 미술 대회에 나가기도 했다. 수상을 하는 날도 있었지만, 그렇지 않은 때도 많았다. 내가 상을 받지 못하면 아이들은 입 모아 이상한 일이라고 이야기했다. 너처럼 잘 그리는 애가 상을 못 받으면 누가 받느냐며, 나를 대신해서 흥분하고 열을 냈다. 나에 대한 우정을 증명해 보이겠다는 듯이.

나는 그 수수께끼의 해답을 어렴풋이 짐작할 수 있었다. 내가 다니는 화실에는 나와 비슷한 그림을 그리는 애들이 여럿 있었지만 그 아이들도 모두 상을 받지 못했다. 대단한 화가가 못 될지도 모른다는 느낌이 언뜻언뜻 찾아왔다. 그럴 때면 어김없이 손톱 밑의 살점이 떼어져 나갔다. 엄마는 피가 맺힌 손가락을 보며 등짝을 때렸다.

"더럽게 왜 손톱을 물어뜯어? 네가 어린애야?"

버럭 화를 내는 엄마를 보며, 어쩌면 엄마도 내가 상을 받지 못한 것에 대해 화풀이를 하는 게 아닐까, 하는 의심이 들었다.

고등학교에 들어가면서 엄마는 더 전문적인 화실을 찾아냈다. 화실 입구에는 명문 대학에 입학한 학생들의 이름이 빼곡히 적혀 있었다. 이름난 미대에 들어가려면 그림만 잘 그려서는 소용이 없었다. 성적도 관리하고 수능도 준비해야 했다.

그 화실은 이 모든 것을 관리해 주는 곳이었다. 게다가 정기적으로 교수님의 지도를 받을 수 있었다. 물론 아주 고액의 수강료와 함께. 그러니까 이곳은 특별한 소수만을 위한 곳이었다.

"학생이 따라와 주기만 한다면 뭐, 걱정할 것은 없으실 겁니다."

상담을 해 준 여자가 도도한 목소리로 말했다.

"마침 학생 한 명이 유학을 가서 자리가 났네요."

우리가 아주 운이 좋았다는 의미였다.

"아유, 감사한 일이네요."

비싼 수강료를 내면서도 엄마는 공손하고도 싹싹하게 눈웃음을 쳤다.

화실에 등록하고 돌아오는 길에 모든 화구를 재정비했다. 나를 명문 대학에 입학시키겠다는 엄마의 의지는 더욱 견고해졌다.

"너만 명문 대학에 보내 놓으면……."

엄마가 말을 멈추고 한숨을 쉬었다.

엄마의 한숨 속에서 나는 많은 의미를 읽었다.

너만 명문 대학에 보내 놓으면, 두 다리 쭉 뻗고 잘 수 있을 텐데……. 너만 명문 대학에 보내 놓으면, 내 인생은 완벽한 성공인데……. 너만 명문 대학에 보내 놓으면, 부모로서 해야 할 도리는 다 한 것인데…….

그런데 어느 날부터인가 그림이 그려지지 않았다. 스케치북 앞에 앉으면 가슴이 조여 오고 머릿속이 하얘졌다. 잘 그리고 싶다는 생각이 들수록 증상은 더 심해졌다. 데생이나 정물화의 경우는 좀 나았지만, 주제를 자유롭게 표현해야 할 때는 아무 생각도 떠오르지 않았다. 억지로 그려 낸 그림을 보며 화실 선생님은 고개를 갸웃했다.

"좀 더 열심히 해 보자."

화실 선생님이 내 등을 토닥이며 말했다.

나는 충분히 열심히 했다고 생각했지만, 대답 대신 고개만 끄덕였다.

그러던 어느 날, 붓을 들고 있는 손이 미세하게 떨렸다. 애써 그려 놓은 그림이 한순간에 망가져 버렸다. 끔찍한 경험이었다. 이러다 말겠지, 라고 생각했지만 손 떨림 증상은 며칠 뒤에도 또 나타났다.

"마음을 강하게 먹어야지. 나약해지면 안 돼."

엄마가 한의원에서 지어 온 까만 알약을 내밀며 말했다. 삼키기에는 너무 큰 알약이었다. 냄새도 지독했다. 마음이 불안하고 긴장이 될 때마다 나는 알약을 입에 넣고 잘근잘근 씹었다. 쓰고 시고 떫은맛이 오랫동안 입안을 맴돌았다.

손이 떨리는 증세는 시간이 지나자 차츰 사라졌다. 하지만 약을 먹으면 머릿속이 느리게 돌아가는 느낌이 들었다. 그렇다고 해서 약을 먹지 않자니 언제 또다시 손이 떨릴지 몰라 두려웠다.

언젠가부터 그림을 그리는 일이 두렵고 고통스럽게 느껴졌다. 화실 선생님이 말하는 것이 무슨 뜻인지 쉽게 이해할 수 없었다. 얼마 후면 교수님과의 수업도 들어갈 예정이었다. 이러다간 교수님의 말도 이해하지 못할까 봐 지레 겁이 났다. 나에게 그림은 더 이상 즐거운 놀이가 아니었다.

"재밌기만 한 일이 세상에 어딨니? 오빠도 언니도 힘들게 공부해서 대학 갔잖아."

내가 하소연을 하면 엄마는 그렇게 말했다.

"힘들어도 끝까지 하면 반드시 좋은 결과가 있을 거야. 엄마 믿지?"

엄마가 내 어깨에 뭉친 근육을 풀어 주며 말했다.

나는 다른 누구보다도 엄마의 말을 믿었다. 엄마는 결국 오빠도 언니도 명문 대학에 보냈으니까.

나는 마음이 약해질 때마다 자신만 믿고 따라오라는 화실 선생님의 말을 되뇌었다.

"그렇지. 이제 좀 이해가 되나 보구나."

화실 선생님이 내 등을 두드려 준 날엔 하늘을 날아갈 것처럼 기뻤다.

나는 계속해서 그림을 그렸다. 연습하고 또 연습했다. 새로운 기술을 계속해서 연마하는 장인처럼 성실하게 그림을 그렸다. 내 눈에도 내 그림은 점점 더 노련해져 가고 있었다. 교수님과의 수업도 점점 더 기대가 되었다.

그런데 아빠가 파산을 했다. 모든 계획이 어그러져 버린 것이다.

8. 마음의 원근법

스케치북과 수채화 도구 가지고 운동장으로 나올 것

반장이 칠판에 미술 선생님의 지시 사항을 적었다.

아이들이 수다를 떨며 부산히 움직였다. 나도 주섬주섬 화구들을 챙겨서 운동장으로 나갔다. 나무 그늘 밑 벤치는 아이들이 모두 점령했다. 나는 가을볕이 내리쬐는 계단에 자리를 잡았다. 햇볕은 뜨거웠지만 이따금씩 바람이 불어서 괜찮았다. 내 주위에는 아무도 없었다. 그 점이 마음에 들었다.

미술 선생님이 내 준 주제는 '교정의 추억'이었다.

"너희는 입학한 지 1년도 채 안 되었지만, 내년부터는 미술 시간이 없다. 음, 교정의 추억을 그릴 시간이 별로 남지 않은 것이지. 지금까지의 기억을 잘 더듬어서 멋진 추억을 그림으로 남겨 보도록 하자."

나는 스케치북을 펼치고 팔레트를 열었다. 거기에는 이전의 내 모습이 남아 있었다. 여기 있는 어느 누구도 이런 다양한 화구들을 갖고 있지는 않을 것이다. 그 난리 속에서도 화구들을 모두 챙겨 올 수 있었던 것이 불행 중 다행이었다. 하지만 미술을 계속할 수 있을까?

어떤 남자아이 한 명이 내가 앉은 계단 쪽으로 터벅터벅 걸어와서는 나보다 세 칸 밑의 계단에 앉았다. 걷는 모양새도, 표정이나 옷차림도 단정하거나 정돈된 느낌이 아니었다. 빈티가 나고 어딘가 껄렁껄렁해 보였다. 그 아이는 한쪽 귀퉁이가 마모된 낡은 스케치북과 물감 자국으로 더럽혀진 팔레트와 이미 수명이 다 되어 보이는 물감들을 꺼냈다. 초라한 화구들을 보니 저절로 한숨이 나왔다.

나는 다시 운동장으로 시선을 돌렸다. 담벼락을 따라 노랑과 주황, 선홍색으로 물들기 시작한 나무들은 모두 키가 크고 잎이 무성했다. 페인트칠을 수없이 반복했을 교문은 지금도 칠이 벗겨져 나간 채로 남아 있었다. 그리고 멋이라고는 조금도 찾아볼 수 없는 회색 건물들이 삭막하게 서 있었다.

아무리 생각해 봐도 머릿속에 떠오르는 모습이 없었다. 그냥 교정을 그리라고 해도 난감했을 텐데, 추억이라니. 이전 같으면 추억을 만들어 내서라도 무엇이든 그렸을 것이다. 선생님께 칭찬 받기 위해 말이다.

하지만 오늘은 아무것도 그리고 싶지 않았다. 이런 변두리 학교에서 아마 나만큼 그림을 잘 그리는 애는 찾기 힘들 것이다. 하지만 이런 곳에서 인정을 받아 봤자 무슨 의미가 있을까?

그때 그 아이가 연필 대신 볼펜으로 밑그림을 그리기 시작했다. 나는 화들짝 놀라 4B연필을 꺼내 들고 남자아이에게 다가갔다.

"이거 써."

남자아이는 대답 없이 그냥 나를 멀뚱히 바라보았다.

"이거 쓰라고. 나는 또 있어."

나는 그 아이가 미안해서 거절할까 봐 고개까지 크게 끄덕였다.

"필요 없는데."

"그냥 써."

"필요 없다니까."

남자아이는 간단히 내 호의를 무시했다.

볼펜으로 무슨 밑그림을 그린다는 거지? 지금 우리가 수채화를 그리고 있다는 사실을 잊은 건 아니겠지? 잘못 그리기라도 하면 어떻게 고치겠다는 거지? 톡 쏘아 주고 싶은 것을 꾹 참았다. 남이야 그림을 망치든 말든 무슨 상관인가. 내신에도 안 들어가는 미술 점수 따위는 아무래도 상관없다는 것일 테지.

나는 자리로 돌아와 스케치북을 펼쳤다. 남자아이에게 빌려 주려 했던 4B연필로 밑그림을 그렸다. 그런데 나도 모르게 자꾸 그 아이의 그림으로 시선이 갔다. 그 아이는 파란색 볼펜으로 쓱쓱 제멋대로 그림을 그렸다.

"넌 지금 원근법을 완전히 무시하고 있어. 설마 원근법이 뭔지도 모르는 것은 아니겠지?"

어느새 나는 남자아이 앞에 다가가 있었다.

"그러면 왜 안 되는데?"

"그런 건 기본이야. 꼭 지켜야 하는 규칙이라고."

"난 그러기 싫은데?"

남자아이가 그제야 나를 힐긋 보았다.

"이건 내 그림이잖아. 내 마음대로 할 거야."

너무나도 당당한 태도에 도리어 나는 당황하고 말았다. 남자아이 조끼에 붙어 있는 이름표가 눈에 들어왔다. 신은하. 남자아이에게는 어울리지 않는 이름이었다. 무안한 기분이 들어 나는 내 자리로 돌아왔다. 일부러 방향을 틀어 그 아이를 등지고 앉았다.

내 앞에 보이는 광경을 그대로 그려 보았다. 아무것도 더하지 않았다. 몸에 익혀 온 대로 정확한 구도를 잡았다. 밑그림을 마친 후에는 색칠을 했다. 지금껏 수백 장의 그림을 그려 왔기 때문에 어떻게 색칠해야 멋지게 보이는지 잘 알고 있었다. 잘난 척을 하거나 눈에 띌 생각은 없었다. 이런 동네라면 어차피 눈에 띌 수밖에 없겠지만. 그렇다고 일부러 못 그리는 척할 필요도 없었다. 이런 것은 몸에 밴 것이었다. 동전을 넣으면 바로 음료가 튀어나오는 자판기처럼.

"그림을 오래 그려온 모양이구나."

어느새 다가온 미술 선생님이 나를 지켜보고 있었다.

"교정은 교정인데, 추억이 없는 교정이네. 전학생이니?"

나는 고개를 끄덕였다.

"앞으로 재미있는 추억 많이 만들어라. 벌써부터 너무 입시에만 쫓기지 말고."

선생님다운 충고였다. 미술 선생님은 나를 지나 신은하에게 다가갔다.

"우리 피카소, 오늘은 또 무슨 짓을 해 놓은 거야?"

미술 선생님의 목소리는 경쾌했고 얼굴에는 호기심이 가득했다. 나를 바라보던 표정에서는 볼 수 없었던 장난기까지 엿보였다.

나도 신은하의 그림으로 시선을 돌렸다. 그 순간, 나도 모르게 눈이 휘둥그레지고 나직하게 탄성이 새어 나왔다. 지금껏 한 번도 보지 못한 이상한 그림이었다. 색의 조합도 특이했다. 그런데 그 아이의 그림에는 눈길을 사로잡는 무언가가 있었다. 볼펜으로 그린 밑그림은 눈에 거슬리기 보다는 독특한 느낌을 줬다.

"우아, 역시 오늘도 기대를 저버리지 않았군."

미술 선생님은 엄지손가락을 치켜세웠다.

"공통분모처럼 가운데 있는 아이가 너로구나. 사건과 사람들의 크기가 다른 건 뭘 상징하지?"

"마음의 원근법."

신은하가 나를 힐긋 쳐다보며 말했다.

"마음의 원근법이라……. 재미있는 생각이군. 음, 추억은 마음과 관련된 일이니까."

미술 선생님이 고개를 끄덕였다.

종이 울리자마자 나는 후다닥 화구들을 챙겨 자리에서 일어났다. 물감이 채 마르지도 않은 스케치북을 서둘러 덮어 버렸다. 얼굴이 화끈 달아올랐다. 누가 내 모습을 보기라도 할까 봐 재빨리 달아났다.

뜨겁게 머리 위로 떨어지는 가을 햇살이 나를 놀리는 것만 같았다.

9. 할머니의 흰 봉투

"민정아, 이걸로 화실 등록하자."

아침 식사 중에 엄마가 흰 봉투를 내밀었다. 어디에서나 흔히 볼 수 있는 싸구려 봉투였지만 네 귀퉁이가 닳은 것으로 보아 오랫동안 간직해 온 것 같았다.

"이게 뭐야?"

"돈이지 뭐겠어."

엄마가 씩 웃으며 말했다.

"어디서 났어? 아빠가 보내 줬어?"

"할머니가 주셨어."

엄마가 할머니를 보며 부드러운 미소를 지었다. 엄마가 웃는 것도, 할머니에게 친절한 것도, 이 집에서 살게 된 이후 처음 있는 일이었다. 할머니는 우리에게 눈길도 주지 않은 채 묵묵히 북엇국에 만 밥만 떠먹었다.

"정말이세요?"

"그럼 따신 밥 먹고 허튼소리 할까."

할머니가 무뚝뚝하게 내뱉었다.

"이왕 줄 거면 기분 좋게 주면 좀 좋아? 아무튼 노인네 성격하곤."

엄마가 할머니에게 눈을 흘겼지만, 예전과는 달랐다. 엄마는 더 이상 할머니에게 화를 내고 있지 않았다.

"밥 다 먹었으면 얼른 일어나. 학교 늦겠다."

엄마는 재촉하며 흰 봉투를 내 손에 쥐어 주었다. 할머니 마음이 변하기라도 할까 봐 서두르는 것 같았다. 나는 방으로 들어와 봉투를 열어 보았다. 만 원짜리와 천 원짜리, 오만 원짜리가 두둑하게 섞여 있었다. 할머니는 이 돈을 얼마동안 모아 온 것일까? 무슨 생각으로 나에게 준 걸까?

나는 흰 봉투를 책상 서랍 깊숙이 밀어 넣었다.

학교에 가는 길에 누군가 내 이름을 불렀다. 돌아보니 같은 반 아이였다. 교복에 붙은 이름표에 홍주리라고 쓰여 있었다.

"네 가방, 진짜니?"

"뭐라고?"

"가짜 아니야?"

"정품이야."

"그래? 휴대폰도 최신형이네."

홍주리가 나를 머리끝부터 발끝까지 쭉 훑었다. 홍주리의 눈빛이 호기심으로 빛났다. 미묘한 기분이 들었다. 홍주리의 시선이 닿는 곳마다 이상하게 소름이 오소소 일어났다. 홍주리를 뒤에 남겨 둔 채 나는 빨리 걷기 시작했다. 키 작은 홍주리는 나를 쫓아오느라 애를 먹고 있었다. 거리가 점점 멀어졌다. 나는 비로소 심호흡을 했다.

"아직 안 늦었어. 천천히 가도 돼."

등 뒤로 홍주리의 헐떡이는 소리가 들렸다.

나는 그 말을 못 들은 척했다.

수업이 시작되었지만, 나는 서랍 속에 넣어 둔 흰 봉투 생각에 빠져들었다. 서둘러 화실에 등록해야 했다. 이미 세 달 넘게 쉬었다. 이전에 나와 경쟁을 했던 아이들을 떠올리면 마음이 급해졌다. 하지만 이런 동네에도 믿을 만한 화실이 있을까? 일류 대학의 합격을 자신할 선생님을 찾을 수 있을까? 나는 다시 불안해졌다. 어쩌면 나는 영영 뒤처진 삶을 살게 되는 게 아닐까?

대각선에 앉은 신은하가 눈에 들어왔다. 신은하는 한 손은 턱을 괴고 다른 한 손은 볼펜으로 낙서를 하고 있었다. 신은하는 한 번이라도 정식으로 그림을 배워 본 적이 있을까?

내 그림이잖아. 내 마음대로 할 거야.

신은하의 말이 다시 귓가를 맴돌았다.

화실에 다니는 아이들 중 그 누구도 신은하처럼 그림을 그리지 않았다. 우리는 늘 그림을 그리면서 정답을 찾아갔다. 나는 선생님의 마음을 읽고, 그대로 그리고 싶었다. 그래야 명문 대학에 들어갈 수 있을 테니까. 그런 생각이 들수록 정답은 더 알기 힘들었고 점점 더 미궁에 빠지는 기분이 들었다. 언제부터인가 나는 내 마음대로 그린다는 것이 어떤 것인지 잊어버렸다.

"민정아, 집에 갈 거지?"

종례가 끝나고 책가방을 챙기는데 홍주리가 다가왔다. 홍주리 옆에는 두 명의 아이들이 있었다. 한 명은 키가 크고 다른 한 명은 뚱뚱했다. 홍주리는 체구도 작고 깡말랐지만, 그 아이가 이 패거리의 우두머리라는 걸 알 수 있었다. 날카롭고 매서워 보이는 눈매 때문일까? 홍주리에게서는 왠지 모를 카리스마가 느껴졌다.

"같이 가자."

홍주리의 생글생글 웃는 얼굴에는 여전히 호기심이 가득했다. 나는 갑자기 숨이 콱 막히는 것만 같았다.

"아니, 나 오늘부터 지수랑 학교에서 공부하고 갈 거야."

내가 지수의 팔짱을 끼자, 화들짝 놀란 지수가 두꺼운 안경 알 너머로 눈을 크게 떴다. 지수가 정말이냐고 묻는 표정으로 나를 바라보았다. 나는 고개를 끄덕였다.

"그래? 그럼 열심히 해."

홍주리가 일그러진 표정으로 말했다. 비꼬는 말투였다.

"얘들아, 가자."

홍주리가 나에게 눈을 흘기며 돌아섰다. 사나운 눈매가 더 사나워졌다. 패거리들 앞에서 거절당한 것이 자존심 상한 듯했다.

할 수 없이 나는 다시 책가방을 풀었다. 기분이 나쁘기는 나도 마찬가지였다. 수업이 끝나면 바로 집으로 가서 엄마와 함께 화실을 알아보려 했는데……. 홍주리의 쓸데없는 호기심 때문에 계획이 모두 엉망이 되어 버렸다. 홍주리는 도대체 뭐가 궁금한 것일까? 나에게 비밀이 있다는 것을 눈치채기라도 한 것일까?

야간 자율 학습은 희망한 학생들만 하는 것이어서 교실에는 채 열 명도 남아 있지 않았다. 지수는 또다시 수학 문제를 풀었다. 지수는 오로지 수학만 공부했다. 정말 지치지도 않는 것 같았다.

간신히 한 시간쯤 버틴 후에 교실을 나왔다. 그런데 미술실 창문에서 불빛이 새어 나오고 있었다. 이상한 호기심이 발동했다. 나도 모르게 다가가 살며시 문을 열어보았다.

있었다. 신은하가 있었다. 신은하가 그림을 그리고 있었다. 미술실에는 대여섯 명의 학생들이 그림을 그리고 있었지만 내 눈에는 신은하만 보였다.

신은하 앞에 펼쳐진 스케치북 위에는 온통 초록과 파랑으로 범벅이 된 이상한 세계가 펼쳐져 있었다. 그 세계가 무엇인지도 모른 채 나는 벌써 빨려 들어가고 있었다. 그 세계 속에 신은하는 다른 무언가를 그려 넣으려 했다. 신은하의 손에 들려 있는 것은 흰색 크레파스였다. 진지한 표정으로 신은하는 뜸을 들였다. 그게 무엇일까? 호기심으로 가슴이 두근거렸다.

신은하의 손이 빨라졌다. 전혀 예측할 수 없는 그만의 방식으로 조금씩 조금씩 형체가 완성되어 갔다. 소녀였다. 소녀의 눈동자에 새겨 넣은 작은 빛이 소녀를 생생하고도 신비롭게 만들었다. 소녀의 모습이 나타나면서 그림은 또 다른 세계가 되어 기이한 매력을 뿜어냈다.

나는 조용히 문을 닫았다. 운동장을 향해 뚜벅뚜벅 걸어갔다. 심장이 요동을 쳤다. 신은하에게는 확실히 무언가가 있었다. 나에게도 없고 승우오빠에게도 없는 무언가가 신은하에게는 있었다.

나는 그냥 기술을 연마하고 있었을 뿐이었다. 그 정도의 시간과 돈을 투자하면 웬만한 지능을 가진 사람이라면 누구나 배울 수 있는 기술을. 하지만 나는 안다. 아무리 오랫동안 배워도 신은하가 가진 것은 얻지 못할 것이란 걸.

교문을 나설 즈음, 더 이상 심장은 요동치지 않았지만 그 대신 가슴에 알싸한 통증이 느껴졌다.

10. 통증

나는 며칠째 화실에 등록하지 못하고 있었다. 수강료만 마련되면 곧바로 등록하리라 다짐했었는데 무언가가 내 발목을 잡았다. 그림을 그리기가 두려웠다. 분명 미술실에서 신은하의 그림을 본 이후부터였다. 통증은 사라지지 않았다. 바늘로 새겨 넣은 것처럼 가슴 깊숙이 남아서 나를 괴롭혔다.

예전에 손 떨림으로 애를 먹을 때도, 화실에서 나보다 잘 그리는 누군가를 마주할 때도 그림을 놓은 적은 없었다. 내가 더 노력하면 된다고 생각했다. 그런데 이번에는 달랐다. 왜 갑자기 위축되어 버린 걸까?

이따금 나는 신은하를 힐금거렸다. 나도 모르게 시선이 갔다. 신은하는 겉보기엔 너무 평범해서 무슨 생각을 하고 있는지 전혀 알 수 없었다.

놀랍게도 엄마는 다시 기운을 차렸다. 할머니가 준 흰 봉투의 위력이었다. 나는 더 이상 할머니가 끓인 청국장과 시어 빠진 김치로 밥을 먹지 않아도 됐다. 더 이상 설거지도 하지 않았다. 엄마는 몇 달간 나를 방치했던 것을 몹시 후회했다. 그 시간을 보상하기라도 하려는 듯 엄마는 마음이 급했다.

언젠가 휴가 나온 오빠가 엄마에게 하는 말을 들은 적이 있다. 차라리 좀 더 빨리 손을 들었다면 이 정도로 피해가 크지는 않았을 거라고 했다.

사실 아빠는 몇 번이고 사업을 정리하려고 했다. 아빠가 파산 선고를 미룬 것은 엄마가 말렸기 때문이었다. 그리고 엄마가 아빠를 말린 것은 나를 위해서였다. 어떻게 해서라도 고가의 학원비를 내야 했기 때문이었다. 엄마는 무슨 일이 있어도 나까지 명문 대학에 보낼 생각이었다. 아마도 나를 더 이상 지원할 수 없다는 사실이 엄마를 가장 절망시켰을 것이다.

할머니의 흰 봉투는 엄마를 일으키는 특효약이 되었다. 내 뒷바라지를 다시 시작해야 한다는 사명감이 엄마를 일으켜 세웠다.

"너 왜 이렇게 여유를 부려? 네가 지금 그럴 때야?"

엄마는 하루에도 몇 번씩 나를 다그쳤다. 엄마가 다그칠수록 나는 더 주춤했다.

"예전엔 잘 따라오더니, 왜 그래? 기운이 딸리니? 영양제라도 좀 먹을까?"

나는 느리게 고개를 저었다. 엄마는 이전의 속도를 되찾았는데 무슨 일인지 나는 점점 더 느려졌다.

"엄마, 우리 반에 정말 그림을 잘 그리는 애가 있는데……."

"그래? 잘 됐구나. 그 애는 어느 화실에 다닌다니? 너도 거기로 가면 되겠다."

엄마의 눈이 반짝반짝 빛났다.

"엄마, 그 앤 화실 같은 데는 다니지 않아."

"그럴 리가 있니? 숨어서 몰래몰래 배우나 보구나."

엄마는 새침한 표정을 지었다. 알 만하다는 태도였다. 엄마는 도통 내 말을 믿으려 하지 않았다. 하긴 엄마는 신은하의 그림을 보면 기겁을 할지도 몰랐다.

신은하의 그림은 우리가 화실에서 배우고 연습하는 종류의 것이 아니었다. 신은하의 그림을 보며 나는 낙서를 예술로 승화시켜 '블랙 피카소'라고 불리는 화가 바스키아를 떠올렸다. 틀에 박힌 눈으로 본다면 어린아이의 그림이나 거리의 낙서처럼 보일 수도 있었다. 하지만 신은하의 그림에는 사람을 매료시키는 무언가가 있었다. 그만의 세계가 있고 그것을 표현하려는 열정이 있었다.

화실에 다니는 누구도 그걸 갖고 있지 않았다.

11. 백구와 여자아이

엄마가 화실을 알아보러 가자고 할까 봐 일부러 늦게 집에 들어가곤 했다. 하지만 시간을 때울 곳이 마땅치 않았다. 나는 아주 오랜만에 언니에게 전화를 걸었다.

"무슨 일 있어?"

언니가 다짜고짜 물었다. 목소리가 다급한 게 바쁜 모양이었다. 휴대폰 너머로 시끌벅적한 대화 소리와 스피커에서 흘러나오는 음악 소리가 들려왔다.

"그냥 궁금해서 걸었어."

"잠깐만."

카페라테 두 잔, 카푸치노 한 잔, 맞으시죠? 언니가 주문을 받는 소리, 원두를 가는 소리, 커피 원액을 뽑아내는 소리가 들려왔다.

"웬일로 전화를 다 했어? 별일 없는 거지?"

언니가 휴대폰으로 돌아왔다.

"언니는 요즘 어떻게 지내?

"잠깐만."

키위 주스 맛있어요. 그걸로 드릴까요? 키위 주스 한 잔, 아메리카노 한 잔 맞으시죠? 대답 대신 언니와 손님과의 대화가 들려 왔다. 언니의 목소리가 통통 튀었다. 대답을 듣지 않아도 언니가 어떻게 지내는지 알 것 같았다. 바빠서 우울할 틈도 없는 것인지, 이전의 유령 같던 분위기는 완전히 사라졌다.

─집에 한번 오라고 전화했어. 엄마는 이제 괜찮아졌어.

전화를 끊고 문자 메시지를 남겼다.

우리 세 남매 중, 가장 반항적인 건 언니였다. 학원을 빼먹고 놀러 다니기도 하고 엄마가 싫어할 만한 부류의 친구들과 어울려 다니기도 했다. 지금 언니를 재워 주는 친구도 그중 한 명이었다. 대학에 들어가서는 공부 대신 연애만 끊임없이 했다. 자라면서 엄마에게 매를 맞은 자식은 언니뿐이었다. 언니는 어려서부터 자신만 차별한다며 바득바득 대들었지만, 내 눈에는 스스로 자초한 일이었다.

그런 언니도 입시는 엄마의 방식을 따랐다. 그렇게 해서 명문대생이라는 타이틀을 얻었다. 언니에 비하면 나는 착하고 온순한 딸이었다. 그러니 나는 지금 집으로 가서 엄마와 머리를 맞대고 계획을 세워야 했다. 어떻게 하면 이렇게 후진 동네에서 살면서도 명문 대학 미대에 들어갈 수 있을지 진지하게 고민해야 했다. 이 동네에서 가장 좋은 화실을 찾아가야 했다. 아니, 멀리 있는 곳이라도 다녀야 했다. 잘 알면서도 왜 나는 이렇게 해매고 있는 것일까?

미술실 창문으로 훔쳐 본 신은하의 모습이 떠올랐다. 신은하는 세상에서 가장 재미있는 놀이를 하고 있는 것처럼 흥미로워 보였다. 언젠가 승우오빠는 내가 그림을 그릴 때면 늘 화가 난 표정이 된다고 말했다. 화가 난 게 아니라 진지한 거겠지, 라고 얼버무렸지만 화가 난 것이든 진지한 것이든 더 이상 그림을 그리는 게 즐겁지 않은 것은 사실이었다. 이따금 고통스럽기도 했다. 그래도 상관없다고 생각했다. 그런데 정말 그런 걸까? 생각지도 않았던 물음이 머릿속을 어지럽혔다.

골목 어귀에 커다란 개 한 마리가 어슬렁거렸다. 주인은 보이지도 않았다. 어릴 적 애완견에게 물린 이후로 나는 개를 무서워했다. 크고 더러운 개는 더욱 질색이었다. 나는 한 발자국도 나아가지 못한 채 겁에 질려 서 있었다. 다시 거리로 되돌아가야 하는 걸까? 점점 어두워지고 있었다. 배도 고팠다. 내가 움직이면 개가 따라 움직일까 봐 꼼짝도 할 수 없었다.

"저리 가지 못해! 이 더러운 개새끼."

앙칼진 여자아이 목소리가 들렸다.

어디선가 나타난 여자아이가 내 옆에 서 있었다.

"가! 저리 가!"

여자아이가 또다시 소리를 질렀다. 신기하게도 커다란 백구가 여자아이의 명령에 따라 움직였다. 컹컹 짖는 소리도 내지 않았다. 몇 발자국 걸어가다 백구는 나를 향해 뒤를 돌아보았다. 여자아이가 오른쪽 발을 땅에 쿵쿵 치며 위협을 했다. 골목 밖으로 완전히 빠져 나간 백구를 보고 나는 심호흡을 했다.

"주인 없는 개야. 덩치만 컸지 나이가 많아서 물지도 못해."

여자아이가 의기양양한 목소리로 말했다.

"언니 여기 살아?"

호기심이 가득한 눈으로 여자아이가 물었다.

나는 고개를 끄덕이며 여자아이를 관찰했다. 열한 살? 열두 살? 까무잡잡한 피부에 긴 머리카락과 눈동자도 유독 새카맸다. 색이 바랜 붉은색 티셔츠와 낡고 지저분하고 발목이 다 드러난 청바지를 입었지만, 여자아이는 눈에 띄게 예뻤다. 커다란 눈망울에서는 묘한 분위기가 풍겼다. 이 아이의 눈빛을 어디선가 본 적이 있는 것 같았다. 기억이 날 듯 기억나지 않았다.

"언제부터?"

"몇 달 됐어."

할머니 집에 도달할 때까지 여자아이는 나를 졸졸 쫓아왔다.

"언니네 집 여기구나. 나는 저쪽 골목 끝에 살아. 하지만 우리 집은 아니야. 잠시만 사는 거지. 나는 곧 떠날 거야."

여자아이는 묻지도 않은 말을 주저리주저리 늘어놓았다. 귀찮았다. 나는 아이를 떼어 내기 위해 초인종을 계속 눌렀다.

"왜 이렇게 시끄럽게 눌러 대, 계집애가 차분히 기다리질 못하고."

할머니가 역정을 내며 문을 열어 주었다.

문이 열리자, 나는 인사도 하지 않고 들어와 버렸다.

"언니, 오늘 내가 구해준 거 잊지 마."

여자아이가 외치는 소리가 문밖에서 들려왔다.

12. 비밀의 다른 이름

홍주리는 좀처럼 나를 포기하지 않았다. 수업을 듣다가 밥을 먹다가 지수와 대화를 나누다 우연히 고개를 돌리면 나를 바라보는 홍주리의 시선과 부딪혔다. 내 속을 꿰뚫어 볼 듯한 기세였다. 나와 눈이 마주치면 홍주리는 미소를 지었다. 무슨 의미인지 알 수 없는 미소였다. 소름이 끼치고 짜증이 났다. 무시하고 싶은데 마음처럼 되지 않았다.

급기야 점심시간이 되자 홍주리가 나에게로 다가왔다. 손에는 식판이 들려 있었다. 패거리들은 어디 간 것인지 보이지 않았다.

"나 여기서 먹어도 되지?"

생글생글 웃으며 갑자기 친한 척이었다.

"거의 다 먹었는데?"

홍주리가 내 식판을 내려다보았다. 음식은 거의 손도 안 댄 상태였다. 홍주리의 얼굴에 싸늘한 표정이 스치고 지나갔다. 홍주리가 애써 표정을 감추며 내 옆에 앉았다.

"그런데 왜 전학을 오게 됐어? 너 혹시 사고 쳤니?"

"아니."

"그럼 왜?"

"알 거 없잖아?"

나는 차갑게 쏘아붙이고는 식판을 들고 자리에서 일어났다.

"넌 뭐가 그렇게 잘났어? 돈 좀 있다고 이 학교 애들이 우습게 보이니?"

홍주리의 날카로운 목소리가 등 뒤로 날아왔다. 거짓말을 하고 있는 것처럼 얼굴이 발갛게 달아올랐다. 차라리 잘난 체를 하는 것이라면 좋겠다.

수업이 파하자마자 나는 가방을 들고 튀어나왔다. 뛰다시피 운동장을 지나 교문을 통과했다. 학교를 벗어난 후에도 가슴이 뛰었다. 홍주리가 나를 뒤쫓아 올 것만 같았다. 홍주리와 눈이 마주치기라도 할까 봐 뒤를 돌아보지도 못했다.

외할머니 집이 아닌 다른 방향으로 무작정 걸었다. 정신을 차리고 보니 너무 멀리 와 버렸다. 저녁이 되면서 공기가 차가워졌다. 되돌아가려고 하는 순간 길을 잃어버렸다는 것을 깨달았다. 어디가 어딘지 도무지 알 수 없었다. 조금씩 어두워져 가는데 외할머니 집이 있는 골목은 나타나지 않았다. 덜컥 겁이 났다. 어디선가 개 짖는 소리가 사납게 들려왔다. 주위에 사람들이 보이지 않았다. 개 짖는 소리는 점점 더 날카롭고 크게 나를 따라붙었다. 철제문 사이로 종자도 알 수 없는 더러운 개가 보였다. 개는 목줄에 단단히 묶여 있고 문은 잠겨 있었지만 숨을 쉴 수 없을 만큼 두려웠다. 내 기척을 느낀 개가 미친 듯이 짖어 댔다.

금방이라도 주저앉아 버릴 것처럼 지쳐 버린 나는 간신히 집으로 가는 골목에 도달했다. 그런데 서너 발자국 앞에 누군가 걸어가고 있었다. 지난번에 만난 여자아이였다. 그 아이의 옷차림은 여전히 초라했다. 여자아이는 고개를 숙인 채 느릿느릿 걸었다. 골똘히 생각에 잠긴 모습이 짐짓 심각해 보였다. 이전에 보았던 당돌하고 발랄한 느낌은 찾아볼 수 없었다. 알 수 없는 호기심에 이끌려 여자아이를 따라갔다. 내가 뒤따라가는 것도 눈치채지 못할 만큼 여자아이는 깊은 생각에 빠져있었다.

외할머니의 집을 지나 모퉁이 앞에 도달했다. 나는 잠시 주춤했다. 처음으로 모퉁이 너머의 골목을 엿보는 것이다. 나는 용기를 내어 걸음을 내디뎠다. 골목은 더 좁아졌다. 양옆으로 사람이 살고 있다는 것이 믿어지지 않을 정도로 낡고 더럽고 허름한 집들이 다닥다닥 붙어 있었다. 실제로 몇몇 집은 비어 있었다. 빈집에서 좀비들이 튀어나와 머리채를 홱 잡아챌 것만 같았다.

여자아이가 발걸음을 멈춘 곳은 골목 끝에 있는, 이 골목에 있는 집들 중에서도 가장 오래되고 낡은 집 중 하나였다. 여자아이가 벨을 누르자 백 살도 넘은 것 같은 백발의 꼬부랑 할머니가 나와 문을 열어 주었다.

"언니, 이제 와?"

백발 할머니는 치매에 걸린 모양이었다.

여자아이는 대꾸도 없이 백발 할머니를 밀치고 집 안으로 들어갔다.

혼자 남은 백발 할머니와 눈이 마주쳤다. 백발 할머니가 나를 보고 씩 웃었다. 헤벌어진 입술 사이로, 이빨이 거의 남아 있지 않은 잇몸이 드러났다. 할머니의 눈빛은 이상했다. 노년기를 지나 다시 어린아이로 돌아간 눈빛 같았다. 묘하게 빛나는 깊은 눈을 보자 섬뜩한 두려움을 느꼈다.

나는 뒷걸음질 치며 돌아섰다. 다리에 힘을 주었지만 발걸음은 빨라지지 않았다. 숨이 차고 가슴이 조여 올 뿐이었다. 무언가 내 어깨를 누르고 발목을 잡는 것만 같았다. 외할머니의 집 앞에 당도해서야 나는 겨우 숨을 고를 수 있었다.

"네 몰골이 왜 그 모양인고?"

할머니가 나를 뚫어지게 바라보았다.

"무슨 일 있나? 누가 쫓아오나?"

할머니가 문밖으로 나와 골목을 두리번거렸다.

"아무것도 아니에요."

내 대답을 듣고도 할머니는 계속해서 골목을 살폈다.

"정말 아무 일도 아니에요."

할머니는 그제야 문을 닫았다.

나는 두려움의 정체를 알았다. 누군가의 비밀을 목격한 것이다. 비밀은 절망이나 불행의 다른 이름이다.

13. 장미꽃 분홍 스카프

"요즘 도대체 어디를 그렇게 싸돌아다니는 거니?"

엄마가 뾰루퉁한 얼굴로 말했다.

"자율 학습 했어."

책가방을 싸며 건성으로 대답했다. 아무렇지도 않게 거짓말이 술술 나왔다.

"민정아, 엄마 어제 어디 다녀왔는지 아니?"

엄마의 목소리가 높아졌다.

"네 화실 등록했어. 버스 타고 가야 하긴 하지만 그래도 이부근에선 제일 괜찮은 곳이라더라."

"누가 그래?"

"예전 화실 선생님한테 전화로 물어 봤어."

엄마의 말을 듣자마자 책가방을 바닥에 내동댕이쳤다.

"걱정 마, 아무한테도 말하지 말아 달라고 얘기했어."

"누가 걱정한대?"

"그럼, 왜 그래? 지금 형편에는 이게 최선이야. 예전 학원에는 갈 수 없다는 거 알잖아."

"누가 거기 보내 달래?"

"그럼 어쩌라고? 뭐든 시작해야 할 거 아니야. 시간만 보내고 있을 거야?"

"내가 알아서 한다고 했잖아. 왜 엄마는 항상 엄마 마음대로야?"

소리를 지르며 방을 뛰쳐나왔다.

"엄마에게 무슨 말버릇이고?"

할머니가 시퍼런 얼굴로 나를 노려보았다. 나는 할머니를 정말 이해할 수가 없었다. 나한테는 저토록 사나우면서 엄마에게는 왜 그렇게 관대한 것일까?

쉬는 시간에 홍주리 패거리가 다가왔다. 나는 보란 듯이 가방에서 파우치를 꺼내 들었다. 손거울을 보며 립글로스를 발랐다. 아이들이 브랜드명을 확실히 볼 수 있도록 한 번 더 발랐다. 이번에는 핸드크림을 꺼냈다. 핸드크림은 일부러 책상 위에 올려놓았다. 이전 학교에서야 별것 아닌 것들이었지만 홍주리 패거리에게는 충분히 고가의 제품으로 보일 것이다.

"너 어느 학교에 다녔었니?"

홍주리가 물었다.

"그건 왜?"

"얘 사촌도 강남에서 고등학교 다니거든. 혹시 같은 학교인가 해서."

홍주리가 다른 한 명을 가리키며 말했다. 말투가 곱지 않았다.

"왜? 내가 무슨 사고 치고 전학 온 건지 뒷조사라도 하려고?"

"글쎄……. 그것도 재밌겠다."

홍주리가 깔깔 웃으며 말했다.

"넌 뭐가 그렇게 궁금하니? 그렇게 할 일이 없니?"

나도 모르게 목소리가 흔들렸다.

"너 뭔가 켕기는 게 있긴 한가 보구나. 네가 아무리 감추고 싶어도 결국엔 드러나게 될 거야. 그게 무엇이든."

홍주리가 빈정거리며 자신만만한 미소를 지었다.

멀어져 가는 홍주리의 뒷모습을 보며 생각했다. 언젠가 핸드크림도 립글로스도 닳아 없어질 것이다. 운동화와 가방은 낡아 버릴 것이다. 내 휴대폰이 더 이상 최신형이 아니게 될 날이 올 것이다. 홍주리의 말대로 결국은 드러나게 될까?

결국 나는 그날도 또 거리를 헤매고 다녔다. 그런데 또 그 여자아이가 있었다. 이번에는 외할머니 집이 있는 골목이 아닌, 다른 골목이었다. 여자아이는 대여섯 명의 남자아이들에게 둘러싸여 있었다. 대부분은 여자아이보다 키가 작았다. 남자아이들이 히죽거리며 여자아이를 놀렸다. 여자아이는 남자아이들을

하나하나 노려보았다. 표독스러운 표정을 짓고 있었지만, 겁을
먹고 있는 게 분명했다. 여자아이는 가방을 앞으로 메고 빠져나
오려고 애썼다. 그럴수록 남자아이들은 더욱 견고하게 여자아
이를 둘러쌌다.

지나가는 사람은 한 명도 없었다. 골목에는 나와 저 아이들
뿐이었다. 한 아이가 여자아이에게 침을 뱉었다. 다른 아이가
여자아이의 머리를 후려쳤다. 여자아이는 얼굴에 묻은 침을 닦
고 헝클어진 머리카락을 귀 뒤로 넘겼다. 하얗게 질린 얼굴로
여자아이는 여전히 남자아이들을 노려보았다.

"이 거지 같은 게 감히 어딜 노려봐?"

여자아이의 얼굴 위로 또 침이 날아왔다.

나는 가방을 뒤져 휴대폰을 꺼냈다. 누군가에게 도움을 청하
고 싶었지만 그 누군가가 떠오르지 않았다. 경찰에 신고하고 싶
어도 여기가 어딘지조차 알 수 없었다.

내가 안절부절못하는 사이, 여자아이가 나를 발견했다. 여자
아이와 눈이 마주쳤다. 그 순간 무엇을 해야 할지 깨달은 것은
여자아이였다.

"언니! 언니!"

여자아이가 나를 향해 소리를 질러 대더니 울음을 터뜨렸다.

아아아아앙!

어찌나 크게 우는지 골목이 왕왕 울렸다.

"야, 우리가 뭘 어쨌다고 그래!"

남자아이들이 소리를 쳤지만, 점점 목소리가 잦아들었다.

"이게 미쳤나?"

"언니! 언니! 이 새끼들이 나한테……. 아아앙!"

여자아이는 또 서럽게 울어 댔다.

남자아이들이 나를 바라보았다. 조무래기들이지만 두려웠다. 그래도 용기를 내서 여자아이를 향해 성큼성큼 걸어가 두 눈을 부릅뜨고 남자아이들을 노려보았다.

"야, 너네 뭐 하는 거야? 저리 비키지 못해! 지금 경찰에 신고하고 있는 거 안 보여?"

나는 애써 목소리를 짜냈다.

"우리 아무것도 안 했어요!"

"씨발, 재수 없어."

"야, 튀자."

남자아이들은 당황하고 겁먹은 표정으로 하나둘 흩어졌다.

남자아이들이 모두 시야 밖으로 사라지자, 여자아이는 언제 울었냐는 듯이 눈물을 뚝 그쳤다. 눈물로 더럽게 얼룩진 얼굴을 티셔츠 소매로 닦아 내고 가방을 바로 멨다.

"이번에는 언니가 나를 도와줬네."

여자아이가 활짝 웃으며 내게 팔짱을 꼈다. 나는 슬그머니 팔짱을 풀었다. 여자아이에게서는 가난한 아이에게서 날 법한 시큼한 냄새가 났다.

여자아이는 앞장서서 걸어갔다. 상가들을 기웃거리던 아이가 한 옷가게로 쑥 들어갔다. 외국에서 중고 옷들을 구입해서 되파는 가게였다. 이미 색이 바랜 옷들이 가게 안에 빽빽하게 걸려 있었다. 여자아이는 행거에 걸려 있는 옷들을 건성으로 넘기다가, 노란색 원피스 한 벌을 꺼냈다. 원피스를 들고 거울 앞으로 걸어간 여자아이는 원피스를 이리저리 비춰 보았다. 원피스는 길이가 긴 어른 옷이었다. 어울릴 리가 없었다.

"너 이거 살 거니?"

점원이 물었다.

"아니요."

점원의 표정에 짜증이 묻어났다. 여자아이는 아랑곳하지 않고 다른 옷을 한 벌 더 꺼냈다. 보라색 블라우스였다. 이번에도 여자아이가 입을 만한 옷이 아니었다. 점원의 얼굴은 노골적으로 짜증스럽게 변했다.

"그럼 그거 살 거니?"

점원이 또 물었다.

"아니요."

여자아이는 블라우스를 행거 위에 내려놓고는 빨간색 스웨터를 집어 들었다.

"이거 우리 엄마가 입으면 너무 예쁘겠다."

"그걸로 정한 거니?"

점원이 다시 물었다.

"아니요. 안 살 거예요."

점원이 여자아이를 째려보았다.

나는 여자아이 팔을 붙들고 밖으로 나왔다.

"사지도 않을 거면서 왜 이 난리를 치고 있어."

점원의 목소리가 등 뒤로 들려 왔다.

여자아이가 깔깔깔 웃으며 달려갔다. 한참을 달리던 여자아이가 멈춰 서서 숨을 헐떡였다. 내가 다가올 때까지 기다리더니, 옷 속에서 무언가를 꺼내 들었다. 장미꽃이 그려져 있는 분홍색 스카프였다. 나는 당황해서 주위를 둘러보았다. 다행히 거리에는 사람이 별로 없었다.

14. 좋아하지도 않는 데 왜 해야 하는 것일까

"민정아."

교문 앞에서 언니가 기다리고 있었다.

"언니가 여긴 웬일이야?"

"집으로 갈까 하다가 그냥 여기로 왔어. 우리 맛있는 거 먹을까?"

"언니 돈 있어?"

"아르바이트해서 벌었잖아."

"등록금 해야 하는 거 아니야?"

"다음 학기에도 휴학할 거야."

"정말이야? 엄마가 알면 난리 날 텐데."

"엄마한텐 비밀로 해 줘."

"그래도 내년엔 꼭 복학할 거지?"

"모르겠어. 사실 잘 안 맞아."

언니의 대답을 들으니 나도 모르게 한숨이 나왔다. 언니를 위해 엄마가 애썼던 시간들, 어마어마한 액수의 과외비가 아까웠다.

사실 내가 언니 걱정을 할 때는 아니었다. 나는 요즘 엄마와 냉전 중이었다. 나는 매번 엄마와의 약속을 지키지 않았다. 매일 거리를 헤매다 저녁 늦게 집으로 돌아왔다. 엄마는 결국 화실에 찾아가 등록을 취소했다. 화가 머리끝까지 난 엄마는 나에게 눈길도 주지 않았지만, 다행히 이번에는 방에 들어가 깊은 잠에 빠져들지 않았다.

언니와 나는 패스트푸드점에 들어가 자리를 잡았다.

"이 동네는 정말 갈 곳이 없구나."

언니가 한숨을 쉬며 말했다.

"외할머니 집 골목에 비하면 여긴 부촌이야."

나는 아무렇지도 않게 말했다. 언니가 피식, 웃음을 터뜨리는 바람에 우리는 서로를 바라보며 깔깔거렸다. 이 상황을 두고 농담을 하다니, 웃으면서도 신기했다.

"아르바이트 힘들지 않아? 손님도 많은 것 같던데."

"힘들지. 진상 손님들이 얼마나 많은지 몰라. 정말 짜증나."

탁자 위 언니의 손이 눈에 들어왔다. 매니큐어도 바르지 않은 손톱 주위로 불긋불긋한 습진이 올라와 있었다.

"하지만 재밌기도 해. 단골도 생기고. 제일 좋은 게 뭔지 아니? 바쁘고 피곤해서 쪽팔릴 시간도 없다는 거야. 이전에 잘나가던 집 딸이라는 것도 잊어버리게 되거든."

언니는 전보다 조금 야위었지만, 더 이상 유령처럼 보이지는 않았다.

"넌 지낼 만해?"

"그럭저럭."

"거짓말."

언니가 눈을 흘기며 말했다.

"너 아까 학교에서 나오는데 벌레 씹은 표정이었어."

언니가 핸드백을 열더니 무언가를 꺼냈다.

"네 화실비야."

이번에도 흰 봉투였다.

"이거 주려고 왔어."

언니가 싱긋 웃었다.

나는 한동안 언니를 뚫어지게 쳐다보았다. 어릴 적 언니는 욕심도 많고 샘도 많았다. 아빠가 새로 사 준 인형의 머리카락을 댕강 잘라 놓거나 새로 산 스케치북에 낙서를 해 놓아서 나를 울리던 언니는 어디로 간 것일까? 고생해서 번 돈을 정말 내 화실비로 내놓겠다는 말인가?

"다음 달에도 줄게."

내 의심을 털어 주겠다는 듯 언니가 말했다.

"이걸 받을 순 없어."

나는 흰 봉투를 다시 언니에게로 밀어냈다.

"받아도 괜찮아. 너에게도 최소한의 기회는 있어야지. 삼남매 모두에게 공평하게."

"대학입시 말이야?"

"엄마의 소원이잖아, 우리 모두 명문 대학에 보내는 거."

"화실에 못 다녀서 그런 게 아니야."

"그럼 뭐가 문젠데?"

"그림을 그리는 게 재미없어졌어. 오래 전부터 그랬는데 이제 더는 못하겠어."

"정말 그게 문제야?"

나는 고개를 끄덕였다.

"그럼 하지 마."

언니가 한 치의 망설임도 없이 단호하게 말했다.

"좋아하지도 않는데 왜 하니?"

언니의 말에 나는 깜짝 놀랐다. 지금껏 그림을 그만둘 수 있다는 것을 생각해 본 적이 없었다. 정말 그래도 될까? 갑자기 머릿속에 지진이 일어난 것 같은 기분이었다.

패스트푸드점을 나와 언니와 함께 상가 거리를 걸어 다녔다. 나름 이 동네에서는 번화가로 꼽히는 곳이었다. 작은 옷집들과 작은 음식점들이 늘어서 있었지만 어느 곳도 들어가 보고 싶은 마음이 생기지 않았다.

"여기 한번 들어가 보자."

언니는 작은 보세 옷집에 성큼성큼 들어가서는 티셔츠 두 벌과 청바지 한 벌을 골랐다.

"정말 입을 생각이야?"

나는 주인아줌마 몰래 언니 귀에 대고 속삭였다.

"귀엽잖아. 일할 때 입으면 편할 거 같아."

언니가 계산을 했다. 믿기지 않을 만큼 가격이 쌌다. 물론 지금 우리 형편으로는 싸다고 말할 수 없을지도 모르지만.

언니는 거리에서 파는 아이스크림을 두 개 사서 나에게 하나를 건넸다.

"생각보다 맛있어."

"배탈 나지 않을까?"

"죽진 않을 테니 걱정 마."

언니가 내 머리를 쥐어박으며 말했다. 언니는 어려서부터 온갖 불량식품을 먹고 다녔다. 책가방에 감춰 두었던 쫀드기와 온갖 원색의 사탕들을 엄마가 찾아내어 모조리 휴지통에 버렸던 기억이 났다.

아이스크림을 먹으며 외할머니 집을 향해 걸었다. 골목 앞에 다다르자, 언니는 주춤했다.

"민정아, 난 그냥 갈래."

"여기까지 와서 엄마 안 보고 갈 거야? 엄마가 서운해 할 텐데……."

"엄마한테 나 만났다고 말하지 마."

"그건 걱정하지 마. 나도 엄마와 냉전 중이니까."

언니는 뒤돌아서더니 도망치듯 빠른 걸음으로 걸어갔다. 저 멀리 가던 언니가 걸음을 멈추고 돌아보더니, 나를 불렀다.

"민정아."

"왜?"

"넌 그림 그리는 걸 좋아하는 아이였어. 그것도 아주 많이."

언니가 다시 빠른 걸음으로 시야에서 멀어졌다.

15. 마음을 끄는 이상한 힘

그날도 어김없이 골목 어귀를 헤매고 있었다.

"언니 집에 가기 싫구나?"

어디선가 나타난 여자아이가 내 등을 탁 쳤다. 어린애가 얼마나 손이 매운지 등이 따끔거렸다.

"언니, 갈 데 없지? 나 따라와."

내 얼굴이 일그러진 것은 본 체 만 체하고 여자아이가 경쾌한 목소리로 말했다.

여자아이가 앞장서 가며 무릎을 높이 들고 깡충깡충 뛰었다. 신나는 일이라도 있는 것처럼. 나는 따라가지 않았다. 저만치 앞서가던 여자아이가 걸음을 멈추고 뒤돌아보더니 빨리 오라고 나에게 손짓을 했다. 그래도 따라가지 않자, 여자아이가 쪼르르 나에게 달려왔다.

"따라오라니까."

여자아이가 내 팔을 끌자 못 이기는 척 따라갔다. 집에 들어가기는 싫지만, 그렇다고 마땅히 갈 곳은 없었으니까.

여자아이는 이상한 길로 접어들었다. 미로처럼 작은 골목이 계속해서 이어졌다. 좁고 가파른 계단이 나타나고 계단을 올라가면 옆으로 작은 골목이 또 나타났다. 나뭇가지들이 엇갈려 자라듯 골목은 방향을 틀어 가며 요리조리 계속 이어졌다.

마침내 다다른 골목의 끝에는 수풀이 우거져 있었다. 마구잡이로 자란 수풀들은 내 무릎을 넘어섰다. 불현듯 두려운 생각이 들었다. 하지만 무섭다고, 돌아가자고 말하기는 싫었다. 여자아이는 겁도 없이 수풀을 헤치며 계속 걸어갔다. 다시 오솔길이 나타났다. 오솔길을 따라 또 한참을 걸어갔다. 이상한 벌레 울음소리가 사방에서 들려왔다. 저녁의 냉기가 느껴지면서 팔뚝에 소름이 돋았다.

"이제 그만 돌아가……."

눈앞에 펼쳐진 광경에 나는 말끝을 맺지 못했다. 커다란 원형의 공터가 보였다. 꿈을 꾸고 있는 것처럼 갑작스런 광경이었다.

"벼락 맞은 곳이야."

입을 벌린 채 서 있는 나에게 다가와 여자아이가 속삭였다.

"뭐라고?"

"벼락이 떨어져서 생긴 거야."

"거짓말이지?"

"아니야, 진짜야."

"진짜로 벼락이 떨어졌다고?"

여자아이가 진지한 표정으로 고개를 끄덕였다.

주위를 살펴보았다. 그러고 보니 불에 그을린 듯 검게 변한 나무토막들이 이곳저곳에 흩어져 있었다. 벼락이 떨어져서 만들어진 공터라니! 어딘지 모르게 신비한 느낌이 들었다.

"큭큭. 큭큭큭."

웃음이 새는 소리가 들려왔다. 내가 노려보자 여자아이가 참고 있던 웃음을 터뜨렸다.

"거짓말이야, 거짓말. 언니는 그렇게 잘 속아서 이 험한 세상을 어떻게 살아가려고 그래?"

여자아이가 한심하다는 표정으로 나를 바라보았다.

짜증이 확 밀려와서 돌아서려는데 여자아이가 허겁지겁 나를 붙잡았다.

"언니, 화났어? 그러지 말고 여기 좀 앉아 봐."

여자아이가 눈웃음을 살살 쳤다.

"조금만 더 있다가 가자. 내가 노래 불러 줄게."

나는 못 이기는 척 여자아이가 가리키는 바위에 걸터앉았다. 혼자서 집을 찾아갈 자신도 없었다.

여자아이는 정말 노래를 부르기 시작했다.

옛날부터 전해오는 쓸쓸한 이 말이
가슴속에 그립게도 끝없이 떠오른다
구름 걷힌 하늘 아래 고요한 라인강

저녁 빛이 찬란하다 로렐라이 언덕

여자아이가 가늘고 애잔한 목소리로 노래를 불렀다. 공터에 나직이 울려 퍼지는 여자아이의 노랫소리가 이상하게 가슴속을 날카롭게 파고들었다. 나는 숨을 죽이고 여자아이의 노랫소리에 귀를 기울였다. 끝나는가 싶던 노래는 계속 이어졌다.

저편 언덕 바위 위에 어여쁜 그 색시
황금빛이 빛나는 옷 보기에도 황홀해
고운 머리 빗으면서 부르는 그 노래
마음 끄는 이상한 힘 로렐라이 언덕

노랫말처럼 여자아이의 목소리는 마음을 끄는 이상한 힘이 있었다. 바이올린의 가장 높은 자리 현을 튕긴 것처럼 여자아이의 목소리가 내 가슴속에 파동을 일으켰다. 나는 신은하의 그림을 보았을 때 느꼈던 이상한 감정을 다시 한번 경험하고 있었다.

"우리 엄마가 불러 줬던 노래야."

여자아이는 자리에서 일어나더니 빙글빙글 돌면서 춤을 추었다. 공터에 푸른 어둠이 내리기 시작하고 이어 구름이 붉게 물들어갔다. 소녀의 새카만 머리카락과 새카만 눈동자가 신비롭게 빛났다. 언제 꺼낸 것인지 목에는 장미꽃이 그려진 분홍색 스카프가 둘러져 있었다. 옷가게에서 훔친 그 스카프였다. 스카프를 두른 그 아이는 마치 황홀한 불빛 아래서 정열적인 춤을 추는 어린 무희처럼 보였다.

시간이 멈췄거나 아니면 이전과는 다른 방향으로 흐르는 것만 같았다. 이곳에 어쩌면 정말로 벼락이 떨어진 적이 있었을지도 모른다. 그때 이곳은 지구에서 떨어져 나가 우주를 떠도는 섬이 되었는지도 모른다. 여자아이와 나는 현실이 아닌 다른 차원의 세계 속에 들어와 있는 것인지도 모른다.

"언니! 언니!"

여자아이가 나를 흔들어 댔다.

"정신 차려. 도대체 무슨 생각을 하고 있는 거야?"

여자아이가 또 놀리듯 깔깔거리며 웃었다.

"벌써 어두워졌는데 집에 안 갈 거야?"

어느새 현실로 돌아온 여자아이가 나를 나무라듯 말했다.

나는 무언가에 홀린 것 같은 혼란스러운 기분으로 여자아이를 멍하니 바라보았다.

"언니 오늘 나한테 빚이 두 개 생긴 거야. 내가 비밀 장소도 데려와 주고 노래도 불러 줬으니까. 다음에 갚아야 해. 알았지?"

여자아이는 내 새끼손가락에 제 새끼손가락을 걸며 억지로 약속을 받아 냈다.

16. 분식집에서

이번에는 여자아이가 나를 기다리고 있었다.

"언니 돈 있어?"

여자아이는 나를 보고 활짝 웃더니 다짜고짜 물었다.

"왜?"

"떡볶이 먹으러 갈까?"

"넌 돈 있어?"

"아니."

여자아이는 뻔뻔스러운 미소를 지었다. 나에게 무언가를 상기시키려는 눈치였다. 문득 나에게 빚이 두 개 생겼다고 말했던 여자아이의 말이 떠올랐다. 내 표정의 변화를 알아챈 여자아이가 다시 한번 능글맞게 웃었다.

아이는 작고 허름한 분식집 앞에서 걸음을 멈췄다. 분식집은 손님으로 북적였다. 카운터 옆의 테이블에 자리를 잡았다.

"떡볶이 일 인분이랑 어묵 주세요. 순대도 먹을래?"

내가 묻자, 여자아이가 고개를 끄덕였다.

"내장도 많이 주세요."

여자아이가 덧붙였다.

떡볶이는 살인적으로 매웠다. 나는 혀가 아려서 거의 먹지 못했는데 여자아이는 맵지도 않은지 어묵 국물을 마셔 가며 잘도 먹었다. 순대에 딸려온 허파와 간도 우걱우걱 씹어 먹었다. 먹는 폼이 어린아이가 아니라 나이 든 아저씨 같았다.

"이름이 뭐니?"

"수아."

스카프를 훔치는 아이의 이름치고는 순진한 느낌을 주는 이름이었다.

"너 노래 잘하더라."

"유전이야. 우리 엄마가 가수거든."

"거짓말."

"진짜거든."

수아가 혀를 쏙 내밀며 말했다.

하지만 나는 이 애의 말은 더 이상 믿지 않았다.

"그래서 너도 가수가 될 거니?"

"아니."

"그럼 뭐가 될 건데?"

"나는 가정주부가 될 거야."

"가정주부?"

"응. 집에서 맛있는 음식을 만들어 놓고 아이들이 돌아오기를 기다릴 거야."

"그런 꿈을 꾸는 애는 처음 보는 것 같다."

"언니는 뭐가 될 건데?"

"난…… 나는……."

"아직 결정하지 못했구나? 괜찮아. 천천히 생각해."

수아는 고개를 끄덕이며 이해한다는 표정을 지었다.

수아가 떡볶이 국물에 순대를 찍어 먹었다. 나도 수아를 따라해 보았다.

"언니, 오늘이 며칠이지?"

"11월 2일."

"열흘 후면 내 생일이야."

"나보고 생일 파티라도 해 달라는 거니?"

내가 톡 쏘자, 수아가 깔깔깔 숨넘어갈 듯이 웃었다.

"무슨 소리야. 그땐 우리 엄마가 있을 텐데."

"엄마가 어디 가셨어?"

"멕시코에."

또 거짓말. 이렇게 거짓말을 밥 먹듯이 하는 애는 처음 보았다. 이젠 따지기도 귀찮았다.

"멕시코 남자랑 결혼했거든."

"어련하시겠어."

나는 시큰둥하게 고개를 끄덕이며 어묵을 크게 한 입 베어 물었다.

갑자기 이상한 기분이 들었다. 누군가의 시선이 닿는 느낌이었다. 고개를 돌려 보니 계산대 앞에 홍주리 패거리 중 한 명인 뚱뚱한 아이가 서 있었다. 그 아이는 내가 아니라 내 앞에 앉아 있는 수아를 쳐다보고 있었다. 나도 그 아이의 시선을 따라 수아에게 눈길을 돌렸다. 헝클어진 머리카락. 낡고 이미 너무 작아진 옷. 예쁘지만 꾀죄죄한 얼굴. 온몸에서 가난의 냄새가 풀풀 풍겼다.

나는 곁눈질로 홍주리 패거리의 표정을 살폈다. 그 아이의 놀라움과 혼란스러움이 뒤섞인 표정을 보니, 피가 거꾸로 치솟는 것만 같았다. 도대체 무엇을 상상하는 걸까? 설마 수아가 내 동생이라고 생각하는 것은 아니겠지? 오해를 풀어 주고 싶어도 달리 할 말이 없었다. 같은 동네에 사는 아이라고 말해 봤자 그 아이들에게는 별반 달라 보일 게 없기 때문이었다. 나는 차라리 고개를 숙이고 못 본 척해 버렸다.

문이 열리는 소리가 들렸다. 그 아이가 나간 것이다. 지금쯤 휴대폰으로 문자 메시지를 보내고 있겠지. 홍주리 패거리들 사이에 나에 대한 새로운 시나리오가 써지고 있겠지. 그 시나리오가 우리 반 전체에 퍼지는 데 얼마만큼의 시간이 걸릴까?

"전에도 말했지? 거기 우리 집 아니야."

생각에 잠겨 있는데 수아의 목소리가 들려왔다.

"난 곧 떠날 거야. 엄마가 나를 데리러 온다고 했어."

수아의 말은 하나도 귀에 들어 오지 않았다. 시끄럽게 여겨질 뿐이었다.

"정말이야. 엄마가 생일 전에는 꼭 온다고 말했어."

내가 아무 반응이 없자 수아는 다시 한번 힘주어 말했다. 그 단호한 말투 때문에 수아의 말은 어쩐지 더욱 공허하게 들렸다. 절대로 이루어질 수 없는 꿈을 꾸고 있다는 느낌을 받았다. 마치 내가 학교에서 하고 있는 거짓 부자 행세처럼.

"언제 오는데?"

내 목소리는 차가웠다. 수아를 뚫어져라 노려보았다. 이 모든 일이 그 아이의 탓이라는 듯이.

"곧 온다고 했어."

"곧이 언젠데?"

나는 잔인하다는 것을 알면서 집요하게 굴었다. 홍주리 패거리에 대한 나의 증오심이 애꿎은 수아를 향해 날아갔다.

"곧! 곧도 몰라? 금방 온다고!"

수아가 신경질을 버럭 내며 자리에서 일어났다. 그러고는 가방을 챙겨 들고 가게를 나가 버렸다.

나는 수아를 붙잡지 않았다. 멍하니 앉아 어묵 국물을 떠먹었다. 차갑게 식어 버린 국물에서 비린 맛이 났다. 저쪽 벽으로 바퀴벌레 한 마리가 기어갔다. 구역질이 올라왔다. 먹은 것을 모조리 토하고 싶은 기분이 들었다.

17. 의기양양했던 순간은 아주 짧았다

미술실 탁자 위에는 사과와 바나나, 키위 등이 올려져 있었다. 정물화를 그리는 시간이었다. 나는 작정을 하고 최선을 다해 그림을 그렸다. 정물화는 수백 장도 더 그려 보았다. 스케치를 하고 빛이 들어 오는 방향에 맞춰 밝고 어두운 부분을 나누고 그림자도 표시했다. 명암을 주고, 강조할 부분을 세심하게 표현했다. 배경도 조화롭게 칠했다. 객체와 전체 사이의 균형과 조화를 완벽하게 이루어야 했다……. 모든 공식에 따라 그림을 완성했다.

"대단하다. 정말 똑같아."

지수의 눈이 휘둥그레졌다.

지수의 말을 들은 다른 아이들이 모여들었다. 아이들이 감탄하는 소리가 들렸다. 오랜만에 나는 다시 우쭐해졌다. 아마 홍주리 패거리들도 듣고 있을 것이다.

"꼭 사진 같다."

흥분한 아이들 사이로 미술 선생님이 다가왔다.

"아주 사실적으로 잘 그렸구나."

미술 선생님도 엄지손가락을 치켜들었다.

내가 바랐던 반응이 모두 나왔다. 아이들 사이로 어제 분식집에서 만났던 홍주리의 패거리도 보였다. 이제 저 아이의 머릿속에서 수아를 빼내고 대신 이 그림을 집어넣을 수 있을까? 새삼 그동안 화실을 다니고 그림을 배우길 잘했다는 생각이 들었다. 지금 기분 같아서는 엄마가 원하는 대로 다시 화실을 다니며 미대 입시를 준비할 수도 있을 것 같았다.

나는 남들의 반응 따위 상관없다는 듯, 무심한 척 화구들을 챙겼다.

그림을 다 완성하지 못한 아이들은 계속해서 색칠을 했다. 미술 선생님은 커다란 탁자 사이를 오가며 아이들의 그림을 살펴보았다. 천천히 걸어가던 미술 선생님의 발걸음이 멈춘 지점. 거기에는 신은하가 앉아 있었다. 미술 선생님은 아무 말도 하지 않았다. 등을 돌리고 있어 미술 선생님의 표정도 읽을 수 없었다. 신은하의 그림은 신은하의 등에 가리고 미술 선생님의 뒷모습에 가려 보이지 않았다. 신은하가 그린 정물화는 어떤 모습일까? 다른 건 몰라도 정물화만큼은 신은하를 이길 자신이 있었다.

"물감이 덜 말랐을 테니까 스케치북은 그대로 놓고 간다. 점심시간 후에 찾아가도록."

종이 울리자, 미술 선생님이 먼저 미술실을 나갔다.

아이들은 웅성거리며 자리에서 일어났다. 나는 아이들이 다 빠져나가길 기다렸다. 마지막 아이가 미술실을 빠져나가자, 나는 천천히 자리에서 일어났다. 신은하가 앉았던 자리로 다가갔다. 가슴이 두근거리면서 묘한 쾌감이 느껴졌다. 어쩌면 이번엔 신은하를 비웃어 줄 수도 있으리라.

물감이 덜 마른 신은하의 그림이 탁자 위에 펼쳐져 있었다. 내 예상은 빗나가지 않았다. 신은하의 정물화는 사진처럼 생생하지 않았다. 아니, 조금도 사실적이지 않았다. 탁자 위의 정물들과 똑같지 않았다. 전혀 다른 것이라고 말할 수도 있었다. 사과는 둥그렇지 않았다. 바나나는 노랗지 않았다.

그런데 나는 신은하의 그림을 비웃어 줄 수가 없었다. 신은하의 그림은 여기 있는 누구의 그림과도 달랐다. 신은하는 생소하고 다채로운 형체와 색깔들을 만들어 냈다. 마치 생명력을 갖게 된 사물들이 움직이며 말을 하고 있는 것 같았다. 누구도 이렇게 그릴 수 없을 것이다. 나는 내가 그린 그림을 돌아보았다. 아주 사실적이고 생생한, 완벽에 가까운 그림이 놓여 있었다. 하지만 신은하가 그린 그림에는 신은하가 있는데, 내가 그린 그림에는 내가 없었다.

의기양양했던 순간은 아주 짧았다. 기분이 끝도 없이 가라앉아 버렸다. 비참한 기분이 엄습했다. 도저히 이 더러운 기분을 털어 낼 수가 없을 것 같았다. 검은색 물감을 풀어서 신은하의 그림에 뿌려 버리고 싶었다. 아니, 내 그림을 새카맣게 칠해 버리고 싶었다. 누구도 내 그림을 보지도, 기억하지도 못하게 하고 싶었다.

신은하가 내 그림을 본다면 죽고 싶을 만큼 창피할 것 같았다.

18. 노력은 배신하지 않는다?

기말고사 기간이 다가왔다. 모든 것이 휴전 상태가 되었다.
엄마는 화실에 대한 이야기를 더 이상 꺼내지 않았다. 화를 내
지도 않았고 눈치를 주지도 않았다. 홍주리도 나를 관찰하는 일
을 멈췄다. 고개를 돌릴 때마다 나를 주시하던 홍주리의 시선이
느껴지지 않는다는 사실에 나는 도리어 깜짝깜짝 놀랐다.

지수는 오늘도 수학 문제를 풀었다. 생각만큼 잘 안 풀리는
지 해답지를 몇 번이고 뒤적거렸다. 지수는 여느 때보다 더 열
심히 수학 문제를 풀었다. 틈틈이 영어 단어도 외웠다. 지수의
단어장은 너덜너덜했다.

나는 습관처럼 신은하를 곁눈질했다. 신은하는 언제나 공부
를 하지 않았다. 엎드려 자거나, 교과서 밑에 만화책을 깔고 보
거나, 낙서를 했다.

승우오빠에게서 전화가 왔다. 승우오빠도 시험공부로 바쁘다고 했다. 입시 준비는 잘 되어 가는지 물으니, 그렇지 뭐, 라고 얼버무렸는데, 자신이 있어 보였다. 승우오빠의 시간을 뺏는 것 같아, 서둘러 전화를 끊었다. 승우오빠가 휴대폰으로 아이스크림 쿠폰을 보내 주었다. 아쉽게도 우리 동네에는 그 아이스크림을 파는 가게가 없었다. 그렇다고 버스를 타고 나가서까지 먹고 싶지는 않았다.

"아유, 참! 민정이 시험기간이라고 몇 번을 말해요!"

엄마는 목소리를 낮춘 상태로 쏘아 붙였다. 하지만 아무리 목소리를 낮춰도 다 들렸다. 도무지 방음이라는 것은 전혀 되지 않는 집이었다. 시험 기간이 시작되면서 엄마와 할머니의 사이에 신경전이 벌어졌다. 할머니가 화실비를 대주겠다고 하면서 극적으로 이루어졌던 화해가 다시 깨져 버린 것이다.

"제발 볼륨 좀 줄여요!"

하지만 할머니에게는 통하지 않았다. 할머니의 유일한 낙은 볼륨을 크게 틀어 두고 TV를 보는 것이었다. 엄마가 돌아서는 순간, 할머니는 다시 볼륨을 높였다. 볼륨이 커졌다가 작아졌다가를 반복하는 동안 할머니와 엄마 사이에는 냉기가 흘렀다. 식사 자리에서도 두 사람은 잔뜩 굳은 얼굴로 아무 말도 하지 않았다.

기말고사가 시작되었다. 공부를 별로 하지 않았기 때문에 별기대 없이 시험지를 받아들었는데, 다행히 이전 학교보다 훨씬 쉬운 수준이었다. 이전에 학원에서 선행학습을 해 둔 것도 도움이 되었다.

종례시간 전에 반장이 칠판에 정답을 적었다. 나는 수학 시험지를 꺼내 하나하나 맞춰 보았다. 생각보다 점수가 나쁘지 않았다. 그런데 지수는 채점을 하지 않았다. 연습장에 스펠링을 적어가며 영어 단어를 외웠다.

"왜 채점 안 해?"

"높은 점수를 못 받은 걸 알게 되면 계속 신경이 쓰이거든."

지수는 심오하고 의연한 태도로 말했다.

4일간의 기말고사가 모두 끝난 후, 수학 시간이 되자 선생님은 첫 문제부터 풀이를 해 주었다. 지수는 그제야 비로소 채점을 했다. 나는 지수의 시험지를 슬쩍 곁눈질했다. 그런데 예상했던 것과 달리, 생각보다 빗금이 많았다.

"이 문제는 실수로 틀렸네."

25번 문제에 빗금을 그으며 지수가 안타까운 표정을 지었다. 다른 문제들은 실수로 틀린 것이 아니라는 사실에 나는 오히려 깜짝 놀랐다. 점심시간에 지수는 평소와 똑같이 식사를 했다. 수학 시험이 배신을 했어도 식욕에는 문제가 없는 것 같았다.

"넌 열심히 하니까 다음에는 꼭 잘 볼 거야."

나는 지수를 위로해 주고 싶었다. 지금까지 나는 지수처럼 열심히 공부하는 아이를 본 적이 없었다.

"응, 고마워."

지수가 고개를 끄덕였다.

"사실 지난번보다 좀 올랐어."

지수가 씩 웃으며 말했다.

"정말이야?"

"역시 노력은 배신하지 않아."

지수가 확신에 찬 어조로 말했다.

나는 그 말에 동의할 수는 없었지만, 잠자코 고개를 끄덕였다.

점심식사를 마치자마자, 지수는 다시 손때 묻은 수학 문제집을 펼쳤다. 동그란 안경테 뒤의 두 눈은 수학 문제를 뚫어져라 쏘아 보고 있었다. 지수의 손에 들린 연필이 연습장 위를 달리다 멈춰 섰다. 지수의 표정이 심각해졌다. 고심 끝에 다시 지수의 연필이 연습장 위를 움직이기 시작했다. 주춤거리며 자신이 없어 보이지만, 결코 멈추지 않았다. 나는 깨달았다. 지수는 놀이를 하고 있는 것이다. 능숙하지는 않아도 즐기고 있는 게 분명했다.

나는 다시 지수가 부러워졌다. 나도 놀이에 빠지고 싶었다. 하지만 무슨 놀이를 해야 할지 알지 못했다.

19. 함정에 빠졌다

집에 오는 길에 우연히 수아를 발견했다. 처음 보는 아줌마가 수아의 두 팔을 꼭 붙잡고 마구 흔들어 대고 있었다. 피부가 햇볕에 검게 그을리고 다부진 몸을 가진 아줌마였다. 얼핏 보기에도 무척 힘이 세 보였다. 그에 비해 이리저리 흔들리는 수아의 몸은 너덜너덜해진 종이인형처럼 형편없어 보였다.

"이 못된 계집애, 집이 어디야. 빨리 앞장서지 못해!"

아줌마의 목소리가 쩌렁쩌렁 울렸다.

사람들이 둘러서서 구경을 하고 있었다. 수아 또래의 아이들도 보였다. 수아는 고개를 숙이고 땅만 보고 있었다. 비쩍 마른 몸이 오늘따라 더욱 빈약해 보였다.

"말 안 해? 좋아, 그럼 파출소로 가자."

아줌마가 수아의 팔을 끌어당겼다.

수아는 끌려가지 않으려고 두 발에 힘을 주고 버티며 안간힘을 썼다. 하지만 역부족이었다. 도살장으로 끌려가는 작은 송아지처럼 흙바닥에 긴 두 줄을 남기며 질질 끌려갔다.

"이 도둑고양이 같은 계집애. 내가 계속 속을 줄 알았냐? 오늘은 네 엄마를 만나서 좀 따져야겠다. 도대체 어떤 여자가 딸을 이 모양으로 키웠는지…….."

아줌마의 목소리는 더 커지고, 사람들은 점점 더 몰려들었다.

"쟤 엄마 없어요. 쟤 고아예요!"

몰려든 사람들 사이에서 한 남자아이가 소리쳤다.

사람들의 시선이 일제히 그 남자아이를 향했다.

"뭐야?"

아줌마도 그 남자아이를 바라보았다. 수아를 붙들고 있던 아줌마의 손에서 슬그머니 힘이 빠져나갔다.

"쟤네 엄마가 쟤 버리고 갔다고 그랬어요."

남자아이는 대단한 사실이라도 알려 주듯 의기양양하게 말했다.

사람들의 시선이 남자아이에게서 다시 수아에게로 옮겨갔다. 수아는 이제 고개를 숙이고 있지 않았다. 수아는 성난 고양이처럼 표독스런 표정으로 그 남자아이를 쏘아 보았다. 수아의 얼굴이 하얗게 질리면서 바르르 경련을 일으켰다.

그 순간, 수아가 나를 발견했다.

동시에 나는 몰려든 사람들 사이에서 나와 같은 교복을 입은 아이들을 발견했다. 홍주리와 패거리들이었다.

잔뜩 굳어 있던 수아의 표정이 살며시 풀어졌다. 수아는 몸을 뒤틀며 저항하기 시작했다.

"내가 안 훔쳤어요!"

수아가 앙칼진 목소리로 말했다.

"네가 안 훔쳤는데, 이게 왜 네 가방에서 나왔니? 이게 발이 라도 달렸단 말이니?"

아줌마는 손에 든 시계를 흔들었다. 언뜻 보기에도 싸구려 시계였다.

"몰라요. 내가 어떻게 알아요. 내가 안 훔쳤다니까요!"

수아는 눈물이 글썽글썽해진 얼굴로 나를 바라보았다. 이제 내가 나서서 자신을 구해 주리라 확신하는 표정이었다.

나는 다시 홍주리에게로 시선을 돌렸다. 홍주리의 날카로운 두 눈이 나를 쏘아 보고 있었다. 나와 눈이 마주치자 홍주리의 입가에 미소가 번졌다. 무언가를 알고 있다는 듯한, 이 상황이 몹시 통쾌하고 흥미롭다는 듯한, 잔인한 미소였다. 나는 직감적 으로 함정에 빠졌다는 것을 눈치챘다. 물건을 훔친 사람은 수아 가 아니라 홍주리였다. 내가 어떻게 나오는지 알아보기 위해 홍 주리는 덫을 놓은 것이다. 그 덫에 수아가 걸려들었다.

아찔한 기분이 들었다. 나는 수아 쪽으로는 시선도 주지 않 은 채 돌아서서 빠른 걸음으로 달아났다. 수아가 나를 부르기 전에 도망쳐야 했다. 가슴이 마구 뛰었다. 무언가 내 머리채를 잡고 끌어당기는 것만 같았다. 홍주리 패거리들의 야유일까? 수아의 원망스러운 시선일까? 그게 무엇이든 나는 걸음을 멈추 지 않았다.

홍주리 패거리를 따돌리기 위해 거리를 헤매다가 저녁이 다 되어 집으로 돌아갔다. 초인종을 누르자 할머니가 나왔다. 문이 열리는 순간, 다리에 힘이 풀리면서 그냥 주저앉아 버렸다.

"네 얼굴이 왜 그 모양이냐? 무슨 일이라도 있는 게냐?"

할머니가 나를 붙들고 물었다.

나는 얼빠진 사람처럼 힘없이 고개를 흔들었다. 할머니가 가져다 준 따뜻한 대추차를 마시자 조금 진정이 되었다.

"할머니 골목 끝 집에 누가 사는지 아세요?"

"골목 끝 집이면 박 씨 영감 집이지."

"박 씨 할아버지라고요?"

"박 씨라고, 만날 술만 퍼 마시는 영감이 있어. 술 때문에 마누라가 일찌감치 도망갔는데도 정신을 못 차리고 술만 마신다니까."

"박 씨 할아버지 말고는 누가 살아요?"

"박 씨의 노모가 있지. 치매가 심하다지?"

수아에게 언니라고 부르던 백발 할머니인 게 틀림없었다.

"거기 어린 여자아이는 안 살아요?"

"그러고 보니 작년 여름부터 박 씨의 손녀가 와 있다고 했는데."

"걔네 엄마랑 아빠는요?"

"본래 아빠는 없었다고 했어. 박 씨 딸이 가수였는데 누구 애인지도 모르는 딸을 낳았다는 소문이 돌았었지……."

"엄마는 애한테 무슨 그런 얘기를 다 하세요?"

마루 미닫이문이 열리면서 엄마가 들어왔다. 할머니에게 눈을 흘기며 엄마가 쏘아붙였다.

"애도 다 컸는데 못 할 얘기가 뭐 있냐?"

"그 아이 엄마가 정말 가수였어요?"

나는 눈을 크게 뜨고 되물었다.

"너는 들어가서 공부해. 엄마가 간식 만들어서 넣어줄 테니까."

할머니의 대답도 듣기 전에 엄마가 나를 방으로 밀어 넣었다. 어쩔 수 없이 방으로 들어왔지만, 뒷얘기가 너무 궁금했다.

"너도 수영이 알지?"

아니나 다를까 할머니의 크고 거친 목소리가 다시 들려왔다. 나는 살짝 문을 열어 놓고 귀를 기울였다. 엄마가 듣거나 말거나 할머니는 이야기를 계속했다.

"그 아이가 어려서부터 노래를 아주 잘하지 않았냐. 동네 어른들한테 백 원씩 받으면서 노래를 곧잘 불러 대더니 밤무대 가수가 되었다지."

"……."

"어쩌자고 애비도 없는 아이를 낳아 놓고는……. 불러 주는 데면 어디든 어린애를 데리고 다니면서 노래를 했다지 뭐냐. 그러다 한동안 보이지 않더니 몇 년 만에 나타나서 딸만 두고 갔다고 하더만."

"딸만 두고?"

"멕시코 남자랑 결혼해서 멕시코로 갔다나⋯⋯. 어린 것만 불쌍하지. 술꾼 할아버지에 치매 걸린 할머니가 무슨 수로 애를 돌보겠어. 하긴 박 씨 딸도 그 할머니 손에 자랐지."

"⋯⋯."

"이젠 치매에 걸리고 말았으니 자신도 건사하기 힘든 노릇이 되었지. 어린애한테 짐이나 안 되는지 모르겠구먼."

"수영이 딸은 몇 살인데요?"

"열두 살이라던가?"

"학교는 다닌대요?"

"처음엔 학교도 안 다녔지. 박 씨도 신경을 못 썼던 거야. 웬수 같은 년이라고, 자식 버리고 간 딸 욕만 해 댔어. 누가 신고를 했는지 기관에서 찾아온 뒤에야 학교에 넣었다지."

"어린애 삶이 참 박복하네. 어쩌다 그런 부모를 만나서는⋯⋯."

엄마가 혀를 차는 소리가 들렸다.

수아는 거짓말을 한 게 아니었다. 수아의 말대로 수아의 엄마는 가수였고, 멕시코로 떠났다. 할머니의 말대로라면 엄마가 수아를 버리고 갔다는 남자아이의 말도 사실이었다.

수아는 엄마가 곧 올 것이라 믿고 있었다. 수아의 엄마는 정말 수아를 데리러 올까? 오늘 낮에 보았던 수아의 얼굴이 떠올랐다. 남자아이를 표독스럽게 노려보던 눈빛이 생생했다. 나를 발견하고 눈물이 그렁그렁 맺혔던 눈빛도 떠올랐다.

나는 영어 교과서를 꺼내서 소리 내어 읽기 시작했다. 죄책감 따위, 느끼지 않기 위해 고개를 마구 흔들었다. 수아의 눈빛을 홀홀 털어버릴 것이다.

그런데 자꾸 가슴이 답답하게 조여 왔다.

20. 아빠에게 온 소식

"너 정말 화실 안 다닐 거야? 이렇게 시간만 보내다가 어쩌려고 그래?"

엄마가 버럭 화를 냈다.

"생각할 시간을 달라고 했잖아."

"도대체 언제까지 생각만 하고 있을 건데? 예전 화실에서 다른 애들이 얼마나 열심히 준비하고 있는지 잊었어?"

"그게 나하고 무슨 상관인데?"

"왜 상관이 없어. 네 경쟁자들이잖아."

"누가 걔네들하고 경쟁하겠대?"

내 말을 듣고 엄마는 혀를 찼다.

하지만 진심이었다. 내가 그려 온 그림에 대해 회의감이 들게 한 것은 그 아이들이 아니었다. 신은하의 그림을 보지 못했다면 애초에 그런 고민도 하지 않았을 것이다. 나는 엄마가 단단히 화가 났다는 것을 알고 있지만, 그렇다고 신은하에 대한 이야기를 할 수는 없었다. 엄마는 이해하지 못 할 게 분명했다.

"나 그만둘 거야."

나도 모르게 폭탄선언이 터져 나왔다. 나도 전혀 예상하지 못했던 말인데, 뱉어 버리고 나니 아주 오래전부터 준비해 왔던 말 같았다.

"뭐라고?"

엄마의 얼굴이 참혹하게 일그러졌다. 나는 서둘러 시선을 다른 쪽으로 돌렸다.

"너 다시 말해 봐. 도대체 뭘 그만두겠다는 거야?"

"미대 가지 않을 거라고."

"무슨 그런 말도 안 되는 소리를 해? 돈 때문이라면 걱정 마. 아빠도 부산에서 친구의 사업을 돕게 되었다고 연락이 왔어. 엄마도 일자리 알아보고 있으니까 넌 걱정하지 마."

"그런 거 아니니까 나 때문에 그럴 필요 없어."

"그럼 뭐가 문제야?"

엄마가 소리를 빽 질렀다.

"그림 그리기 싫어. 싫다고! 그림 그리는 게 하나도 행복하지 않단 말이야!"

나도 소리를 질렀다. 조그마한 방 안에 왕왕 울리는 목소리는 내가 아닌 다른 사람의 것처럼 괴상하게 들렸다.

"앞으로 나한테 화실 가라고 하지 마. 절대로, 절대로 안 갈 테니까."

나는 엄마를 노려보았다.

엄마도 나를 노려보았다.

나는 씩씩대며 속으로 되뇌었다.

절대로, 절대로 지지 않을 테다. 절대로, 절대로 엄마 말에 속지 않을 테다. 절대로, 절대로 다시는 비참해지지 않을 테다.

그림만 그만두면 된다. 그러면 모든 것이 해결될 것이다. 나는 이를 악물고 주먹을 꽉 쥐었다.

엄마의 동공이 커지고 얼굴에 경련이 일기 시작했다. 마치 내가 몹쓸 병에 걸리기라도 한 듯한 얼굴로 나를 바라보았다.

엄마는 다시 안방으로 들어가 자리에 누워 버렸다. 동굴 속으로 들어가 때 이른 겨울잠을 잘 모양이었다. 얼른 아빠가 와서 엄마를 꺼내 주었으면…….

어쩌면 아빠가 와도 엄마를 꺼내 주지 못 할지도 모른다. 하지만 나는 더 이상 그림을 그리고 싶지 않았다. 나에겐 재능이 없다. 신은하 앞에서 느꼈던 굴욕을 다시 느끼고 싶지 않았다. 그림을 그리는 것이 언젠가부터 거짓말을 하는 것처럼 느껴졌다. 내가 그린 그림은 나의 그림이 아니었다. 나의 생각, 나의 감정 그 어느 것 하나도 담고 있지 않았다. 나는 더 이상 가짜가 되고 싶지 않았다.

언니가 골목 앞까지 와서 엄마를 만나지 않고 간 이유를 어렴풋이 알 것 같았다.

골목 입구에 한 아이가 웅크리고 앉아 있었다. 수아였다.

"집에 안 가고 뭐해?"

내가 묻자,

"무슨 상관이야."

톡 쏘아붙였다. 단단히 토라진 모양이었다.

무시하고 지나치고 싶지만 발걸음이 떨어지지 않았다. 곧 어둠이 내릴 것이다. 바람도 차가웠다. 수아의 옷차림은 초라하기 짝이 없었다. 머리카락은 바람에 흐트러져 산발이 되어 버렸다. 아이에게서 풍기는 분위기가 심상치 않았다. 혼자 울고 있었던 것 같았다.

"안 추워? 그러다 감기 걸려."

나는 가방 속에서 무릎 담요를 꺼내 수아의 등 위에 덮어 주었다. 수아가 담요를 잡아채더니 휙, 던져 버렸다. 담요는 골목에 쌓인 쓰레기 더미 사이로 처박혔다.

"뭐 하는 짓이야?"

수아는 대답 대신 나를 노려보았다.

"너 정말 못된 아이구나. 내가 미쳤지, 이딴 애한테 왜 신경을 썼대."

나는 돌아서서 성큼성큼 걸어갔다.

"우리 엄마가 오지 않았어. 내 생일인데도 오지 않았어. 언니 말이 맞았어. 이제 속이 시원해?"

등 뒤에서 앙칼진 목소리가 들려왔다. 흐느끼는 소리가 뒤를 이었다. 울음소리는 점점 더 날카로워졌다. 작지만 사나운 동물의 울부짖음 같았다.

겁이 났다. 어쩌면 나를 부르는 절박한 울음소리일지도 몰랐다. 하지만 내 걸음은 오히려 빨라졌다. 나는 한시라도 빨리 수아가 내뿜는 파장으로부터 벗어나고 싶었다. 아이의 불행이 내게 옮을 것만 같았다.

나는 거의 뛰다시피 외할머니 집에 도착했다. 초인종을 눌렀지만 대답이 없었다. 연거푸 초인종을 눌러 댔다. 구시렁거리는 할머니의 목소리가 들려 왔다. 그제야 숨을 쉴 수 있을 것 같았다. 그런데 날카로운 칼에 베인 것처럼 가슴 한편이 아려왔다. 두 번이나 수아를 버려두었다는 죄책감을 피할 수 없었다.

안방에서 겨울잠을 자고 있을 거라 생각했던 엄마가 마루에 나와 있었다.

"민정아."

내 이름을 부르는 엄마 목소리에 날이 서 있지 않았다. 한바탕 난리친 걸 벌써 잊은 것은 아닐 텐데……. 그리고 보니 엄마의 눈빛이 이상했다. 얼빠진 사람처럼 멍청해 보였다.

"민정아."

엄마의 눈에서 눈물이 또르르 흘러내렸다. 가슴이 덜컹 내려앉았다.

"아빠가……."

"아빠한테서 연락이 온 거야? 아빠가 온대?"

"아빠가 다쳤대."

아빠가 다치다니 그건 무슨 말이지? 슈퍼맨처럼 날아와서 엄마와 나를 여기서 빼내 주어야 할 아빠가 다쳤다니, 그게 사실일까? 주위가 온통 노랗게 보였다. 누군가 천장에 달린 형광등에 노란 셀로판지를 붙여 둔 것만 같았다.

울부짖던 수아의 얼굴이 떠올랐다.

수아의 불행이 결국 나에게 옮아 버린 것일까?

21. 결국······.

엄마는 아침 일찍 아빠가 입원한 부산의 병원으로 떠났다. 엄마도 나도 밤새 잠을 설쳤다. 퉁퉁 부은 눈으로 집을 나서는 엄마를 나도 퉁퉁 부은 눈으로 배웅했다.

어젯밤에 엄마에게서 들은 이야기는 아무리 생각해도 믿기지 않았다. 내게는 아빠가 사다리에서 떨어져서 다쳤다는 것보다 막노동을 했다는 사실이 더욱 충격적이었다. 아빠가 할 수 있는 일이 그것뿐이었을까? 부산에서 친구 사업을 돕게 되었다고 한 말은 거짓말이었을까?

"걱정 마라. 네 아버지 안 죽는다."

할머니가 밥을 차려 주며 퉁명스럽게 말했다.

"팍팍 좀 먹어라. 밥상 앞에서 고사 지낼래?"

할머니가 언성을 높였다. 할머니는 이 와중에도 식욕이 줄지 않았다. 캐나다로 이민을 갔다는 외삼촌이 다쳤다고 해도 저럴까? 할머니가 야속했다.

"그만 먹을게요."

도저히 음식이 넘어가지 않아 수저를 내려놓았다.

학교에서도 마음을 잡을 수가 없었다. 수업 시간에도 쉬는 시간에도 머릿속은 온통 아빠 생각뿐이었다. 학교가 끝나고 집으로 가는 길, 나는 엄마에게 전화를 걸었다.

"아빠는 좀 어때?"

"허리를 다쳤어. 다행히 수술은 잘 됐는데 회복하려면 며칠 병원에 입원해야 한대."

엄마의 목소리에는 힘이 하나도 없었다.

"엄마도 당분간 여기 있다가 아빠랑 같이 올라갈게."

"엄마는 괜찮아?"

수화기를 통해 엄마의 한숨 소리가 들려왔다.

"네 아빠는 왜 이렇게 운이 없다니. 막노동해서 번 돈이 병원비로 다 들어가게 생겼다."

"지금 돈이 문제야? 아빠가 다쳤는데?"

"그럼 어떡하니? 병원비는 누가 대신 내준다니? 아빠가 번 돈으로도 모자랄 판인데."

엄마의 목소리가 울먹임으로 바뀌었다.

"밥 잘 챙겨 먹고 다녀."

"내 걱정은 하지 마."

엄마와 전화를 끊고 나니 집 앞이었다. 초인종을 누르는 순간, 섬뜩한 기분이 들었다. 누군가 나를 미행하고 있었다. 온몸에 소름이 일어났다. 뒤를 돌아볼 용기가 나지 않았다. 차라리 할머니가 나오지 않았으면 했다. 할머니가 집에 없거나 갑자기 귀가 잘 안 들려서 초인종 소리를 못 들었으면 했다.

"누구냐? 민정이냐?"

할머니의 퉁명스런 목소리가 들리면서 덜컹 문이 열렸다.

나는 재빨리 집 안으로 들어갔다. 문이 닫히기 전, 문틈으로 밖을 엿보았다.

거기, 홍주리가 서 있었다.

문틈으로 봐서는 홍주리의 표정을 읽을 수 없었다. 홍주리는 한동안 그 자리에 서 있었다. 아마도 자신이 목격한 것을 절대로 잊지 않을 모양이었다.

22. 그래야 엄마가 올 테니까

나는 이틀 동안 학교에 가지 않았다. 지수에게 아프다는 문자를 보냈다. 착한 지수는 나를 걱정해 주었다. 담임에게도 잘 이야기해 주었을 것이다. 할머니에게도 학교에 갈 수 없을 만큼 많이 아프다고 말했다. 할머니는 내 이마를 짚어 보지도 않고 믿어 주었다. 무관심이 꼭 나쁜 것만은 아닌 것 같다는 생각이 들었다.

나는 홍주리에 대해 생각하지 않으려고 애썼다. 그 아이가 나를 어떻게 생각하든 상관없다고 되뇌었다. 나를 겁쟁이라고 생각하든, 불쌍한 애라고 생각하든, 패배자라고 생각하든…….
나는 계속해서 잠만 잤다.

"밥 먹고 자라."

할머니가 나를 깨웠다.

어쩔 수 없이 자리에서 일어났다. 웬일로 청국장이 아니었다. 햄과 달걀 반숙이 올라와 있었다. 이쯤 되면 감동이라도 받아야 하는데, 입맛이 없었다. 정말 몸살이라도 난 것 같았다.

할머니가 켜 놓은 TV에서 뉴스가 흘러나왔다. 계속되는 건조한 날씨로 인해 크고 작은 화재가 연이어 일어난다는 소식이었다. 화면 가득 산불 현장이 담겨 있었다. 진화 작업이 한창이지만 불씨가 좀처럼 잡히지 않는다는 앵커의 말을 나는 멍하니 듣고 있었다.

"먹기 싫어도 한 술 더 떠라."

할머니는 화를 내지 않았다. 아마도 내가 아빠를 걱정하느라 병이 난 거라고 생각하는 듯했다.

"조금만 더 자고 일어나서 먹을게요."

나는 숟가락을 내려놓았다.

"그리 자고도 또 잘 게 남아 있나……."

할머니는 이번에도 화를 내지 않았다.

나는 다시 방으로 들어가 잠에 빠져들었다. 잠결에 웅성거리는 소리가 들렸다. 처음엔 꿈인 줄만 알았다. 하지만 소리는 점점 더 또렷해지더니 사람들의 목소리로 들렸다.

"애야, 어서 일어나라. 불이 났단다."

할머니가 내 방문을 두드렸다.

불이 났다고? 뉴스에서 보았던 산불 장면이 떠올랐다. 나는 주섬주섬 옷을 챙겨 입고 밖으로 나갔다. 여전히 나는 꿈속을 헤매는 기분이었다. 할머니는 외투까지 입은 채 나를 기다리고 있었다. 나를 보자 앞장서서 허겁지겁 문밖으로 향했다. 골목에는 애고 어른이고 모두 다 나와 있었다. 사람들은 몹시 흥분된 상태였다. 개 짖는 소리와 아기 울음소리까지 어우러져 그렇지 않아도 좁은 골목이 더욱 아수라장이 되어 있었다. 나는 이 골목에 이렇게 많은 사람들이 살고 있었다는 사실에 어리둥절했다. 골목 저쪽에서 붉은 불빛이 뿜어져 나왔다. 불이 난 곳은 모퉁이 너머였다. 사람들이 모두 그쪽으로 불구경을 갔다.

"이번엔 또 누구 짓이야? 참 바람 잘 날이 없네."

"재개발하려는 놈들이겠지 뭐."

사람들의 대화가 도무지 이해가 되지 않았다. 이전에도 불이 났었다는 말인가? 재개발은 또 뭐지?

"누구네 집이야?"

할머니가 옆집 아줌마에게 물었다.

"박 씨 영감님 집이래요. 할머니 치매가 더 심해졌다고 하던데 아무래도 할머니가 불을 냈는가 봐요."

옆집 아줌마의 말을 듣는 순간, 가슴이 철렁했다. 수아네 집에서 불이 난 것이다.

소방차 사이렌 소리가 요란하게 울렸다. 골목이 너무 좁은 탓에 소방차가 들어갈 수 없었다. 소방관들은 소화기와 긴 호스로 불길을 진압하고 있었다. 다행히 큰 불로 번지지는 않았다고 했다.

"박 씨 영감님이 집에 없었대요."

"어디서 또 술을 퍼 마시고 있었겠지."

"그러게요. 정말 언제쯤 정신을 차리실 건지……."

"할머니는, 그 노파는 어떻게 됐누?"

"다행히 소방관이 좀 전에 구출했다나 봐요."

저쪽에서 누군가가 상황을 지켜보고 있었다. 수아였다. 나와 눈이 마주치자 수아가 뛰기 시작했다. 나도 그 뒤를 따라 뛰었다.

"쫓아오지 마."

수아가 소리쳤다.

나는 계속 쫓아갔다.

"쫓아오지 말라니까."

"네가 그랬지?"

"아니야, 나 아니야."

"거짓말."

"아니라니까."

"왜 그랬어?"

"무슨 상관이야."

"왜 그랬냐고!"

갑자기 수아가 달음박질을 멈췄다. 그러고는 그 자리에 털썩 주저앉았다.

"그래야 엄마가 올 테니까."

수아가 흐느끼기 시작했다.

"그 집이 없어져야 엄마가 나를 데리러 올 테니까!"

수아가 고래고래 소리를 질렀다.

나도 다리에 힘이 풀리면서 그냥 주저앉아 버렸다.

수아는 다시 일어나 달려갔다.

나는 따라갈 힘이 없었다. 낭떠러지 앞에 서 있는 것 같은 기분이었다. 수아처럼 나도 망가지고 있는 것은 아닐까? 누군가 나를 붙잡아 주었으면. 절망이라는 감정이 나를 장악해 버리기 전에 나를 붙잡아 주었으면. 하지만 나를 건져 줄 아빠는 병원에 입원해 있었다. 엄마도 언제 돌아올지 몰랐다.

나는 승우오빠에게 전화를 걸었다. 통화 연결음이 여러 번 울리도록 응답이 없었다. 끊고 다시 걸었다. 이번에도 마찬가지였다. 나는 결국 포기하고 집으로 걸어갔다. 열 발자국쯤 걸어 갔을 때, 휴대폰이 울렸다. 승우오빠였다.

"무슨 일이야? 독서실이라 바로 전화를 못 받았어."

"지금 만날 수 있어?"

"이 시간에?"

나는 그제야 시간을 확인했다. 밤 11시 26분. 승우오빠를 만나기에는 너무 늦은 시간이었다. 나는 그제야 우리가 서로 너무 먼 곳에 살고 있다는 것을 깨달았다. 물리적 거리뿐 아니라 마음의 거리도 그만큼 멀게 느껴졌다.

"무슨 일인데?"

승우오빠의 질문이 공허하게 들렸다. 무슨 일인지 설명할 방법도 생각나지 않았지만, 어떻게 설명해도 이해하지 못할 것 같았다. 무작정 승우오빠에게 전화부터 건 내 자신이 바보같이 느껴졌다.

"급한 일이야? 주말에 만나면 안 돼?"

"아무것도 아니야. 그냥 심심해서 그랬어."

"여유 있어서 좋겠다. 나는 요즘 정신이 하나도 없어."

승우오빠가 한숨을 푹 쉬었다.

"그렇겠지. 곧 고3이잖아. 바쁘면 주말에도 안 만나도 돼."

"혹시 삐친 거 아니지?"

"아냐, 정말 아니야."

이제 나는 대화를 빨리 끝내고 싶은 마음뿐이었다. 주말에 만나기로 약속하고 전화를 끊었지만, 내일모레쯤 다른 핑계를 대고 약속을 미룰 생각이었다.

집으로 돌아가니 할머니가 나를 기다리고 있었다. 화재는 모두 진압되었고, 사람들이 다시 잠자리로 돌아간 골목은 무슨 일이나 있었냐는 듯이 고요했다.

"다 큰 가시나가 한밤중에 어딜 쏘다니나."

할머니의 퉁명스런 핀잔을 들으니 이상하게 마음이 가라앉았다.

밤새 나는 끙끙 앓았다. 이번에는 정말 열이 났다.

23. 응징이 시작되었다

"너 정말 많이 아팠었구나. 얼굴색이 너무 안 좋아."

지수가 내 손을 꼭 잡았다. 따뜻했다.

"오늘은 수학 문제 안 풀어?"

"물론 풀어야지."

지수가 씩 웃으며 문제집과 연습장을 꺼냈다. 쓱싹쓱싹. 나는 눈을 감고 지수가 수학 문제 푸는 소리를 음미했다. 쓱싹쓱싹 쓱쓱싹 쓱싹. 지수가 속도를 내고 속도를 줄이고, 힘을 주고 힘을 뺄 때마다 리듬이 바뀌었다. 불이 난 밤 할머니의 퉁명스러운 핀잔을 들었을 때처럼, 마음이 차분하게 가라앉았다. 나에게 보내는 친근한 위로처럼 느껴졌다.

각오했던 일이지만, 홍주리의 응징이 시작되었다. 복도에서 홍주리의 패거리 중 뚱뚱한 아이와 부딪혔다. 몸이 흔들릴 만큼 충격이 컸다. 손에 쥐고 있던 휴대폰이 바닥에 떨어졌다.

"어머, 미안. 일부러 그런 건 아닌데……. 너는 왜 장난을 심하게 치고 그래."

홍주리가 다가와 호들갑을 떨며 말했다. 뚱뚱한 아이에게 눈을 흘기지만, 고의적으로 그 아이를 나에게 밀어 버린 게 틀림없었다.

"어쩌니? 네 휴대폰 액정에 금이 가 버렸다."

홍주리가 휴대폰을 주워 주며 말했다.

"뭐, 일부러 그런 것도 아니고……. 액정만 갈면 되니까, 별일 아니지?"

홍주리 패거리가 낄낄거리며 교실로 들어갔다.

홍주리는 알고 있을 것이다. 액정을 교체하는 데 적지 않은 돈이 들어간다는 것을. 나에게 그런 돈이 없다는 것을. 그리고 다시는 내가 최신형 휴대폰을 쓸 수 없다는 것을. 머리끝까지 화가 났지만 나는 홍주리 패거리를 쫓아가지 않았다.

점심시간이 끝나고 5교시가 시작되려는데, 홍주리가 또 다가왔다.

"립글로스 좀 빌려줘."

홍주리는 아주 당당하게 말했다. 내가 거절할 수 없을 거라는 듯이.

나는 가방에서 파우치를 꺼냈다. 비굴하게 느껴졌지만 시끄러워지는 게 더 싫었다. 나는 저 아이와의 싸움을 되도록 빨리 끝내고 싶었다. 파우치를 열고 립글로스를 꺼내려는데 홍주리가 파우치를 낚아챘다.

"5교시 끝나고 돌려줄게."

수업이 끝난 후, 홍주리 패거리 중 키가 큰 아이가 파우치를 가지고 왔다. 가방에 집어넣으려다 기분이 이상해서 파우치를 열어 보니, 그 안은 립글로스와 핸드크림이 잔뜩 묻어 온통 엉망진창이 되어 있었다.

나는 고개를 돌려 그 아이를 노려보았다.

"이번이 마지막이야. 더는 안 참을 거야."

"뭘? 안 참으면 어쩔 건데?"

그 아이가 가소롭다는 듯이 코웃음을 쳤다.

이게 다가 아니었다. 집으로 돌아가는 길에 누군가가 발을 걸어 길에 나동그라졌다. 이번엔 홍주리였다.

"조심 좀 하지. 눈은 어디에 두고 다니는 거야? 집에 무슨 걱정이라도 있는 거니?"

홍주리가 능청스럽게 웃으며 손을 내밀었다.

나는 땅을 짚고 일어나 홍주리를 노려보았다.

"그러게 왜 건방을 떠니? 쥐뿔도 없는 게 잘난 척은……. 하마터면 깜박 속을 뻔했잖아. 내가 결국 드러나게 될 거라고 경고했었지?"

지나가는 아이들이 걸음을 멈추고 힐긋거렸다. 홍주리는 들으라는 듯, 더 큰 소리로 말했다.

"이 가방이랑 신발 네 거 맞니? 설마 훔친 거니? 너 혹시 상습범이니?"

나는 있는 힘껏 홍주리의 뺨을 갈겼다.

"이년이 미쳤나?"

홍주리가 매섭게 노려보며 내 뺨을 갈겼다.

"얘 정말 안 되겠네."

홍주리 패거리 중 한 명이 내 이마를 툭툭 치며 밀쳤다. 발에 힘을 주고 이를 악물었지만 몸이 뒤로 밀려났다. 구경꾼들은 점점 더 늘어났다. 우리를 둘러싸고 큰 원이 그려졌다. 나는 결국 뒤로 넘어지고 말았다. 홍주리가 다가와 내 가방을 발로 짓이겼다. 나까지 짓이겨 버릴 태세였다. 나는 비명을 지르지 않으려고 안간힘을 썼다. 치켜뜬 두 눈이 시려 왔지만 아랑곳하지 않고 홍주리를 노려보았다.

"거기 뭐야!"

저쪽에서 호루라기 소리와 함께 어른의 목소리가 들렸다.

"씨발, 가자."

홍주리가 패거리를 이끌고 사라졌다.

나도 서둘러 자리에서 일어났다. 둘러싸고 있던 아이들이 길을 비켜 주었다. 아이들이 웅성거리는 소리가 등 뒤로 들려왔다.

마지막 힘을 다해 나는 그곳을 벗어났다.

24. 예술이란 고통을 이해하는 것

나는 또다시 미술실 앞을 기웃거렸다. 이번에는 신은하가 보이지 않았다. 나는 고개를 쭉 빼고 창문 너머로 다시 한번 미술실을 둘러보았다. 그때 누군가 나를 톡톡 쳤다. 미술 선생님이었다. 나는 화들짝 놀라 뒷걸음질을 쳤다. 이전에도 신은하의 그림을 보러 왔다가 미술 선생님과 눈이 마주친 적이 몇 번 있었다. 그때마다 후다닥 도망치곤 했는데 이번에는 딱 걸리고 말았다.

"미술부에 관심 있니?"

미술 선생님이 빙그레 웃으며 말했다.

그 옆에 신은하가 서 있었다. 나는 얼굴이 빨개져서는 고개를 절레절레 흔들었다.

신은하가 무심한 표정으로 미술실 안으로 사라졌다.

"안 바쁘면, 우리 콜라 한 캔씩 할까?"

바쁘다고 대답하기도 전에 미술 선생님이 앞장서서 걸어갔다. 내가 우두커니 제자리에 서 있자, 선생님이 돌아보며 손짓을 했다. 하는 수 없이 미술 선생님을 따라갔다. 미술 선생님이 자판기에서 콜라와 옥수수차를 뽑았다. 미술 선생님과 나는 운동장 벤치에 자리를 잡았다.

"신은하, 저 녀석 꼭 괴물 같지?"

미술 선생님이 씩 웃으며 말했다.

내 마음을 들킨 것 같아 고개를 떨어뜨렸다.

"나도 저런 녀석은 처음이야. 교사로서 저런 녀석을 만난 것은 행운이지. 하지만 화가로서는……. 나도 너처럼 가슴이 아려 오는 통증을 느낀 적이 있었단다. 녀석이 사람 기를 죽인다니까."

나는 그제야 미술 선생님에게로 시선을 돌렸다.

"네 마음을 이해한다는 말이야."

미술 선생님이 씽긋 웃었다.

"하지만 네가 신은하가 아니라고 그림을 그리지 말아야 한다는 법은 없어. 기상천외한 상상력이 아니라고 상상력이 아닌 것도 아니야."

"……."

"네 그림을 보면 네가 얼마나 경직되어 있는지 알 수 있어. 두려움을 가지고는 그림을 그릴 수가 없단다. 두려운 상대를 어떻게 좋아할 수 있겠니."

나는 콜라를 한 모금 마시며 생각했다. 그런 걸까? 재미가 없었던 것이 아니라 두려웠던 걸까?

"하지만 지금 네가 겪고 있는 고민도 의미가 있어."

이렇게 헤매는 시간에도 의미가 있다고? 나는 콜라를 한 모금 또 마시며 선생님의 다음 말을 기다렸다.

"예술가로서, 그리고 한 인간으로서 너의 길을 찾아가고 있는 거지."

나의 길을 찾고 있다고? 엄마는 나더러 시간을 낭비하고 있다고 말했는데……. 나도 그저 방황하고 있다고 생각했는데…….

"너는 예술이 뭐라고 생각하니?"

미술 선생님이 뜬금없는 질문을 던졌다.

"누군가는 '예술은 고통을 이해하는 것'이라고 말했지."

고통을 이해하는 것? 나는 속으로 미술 선생님의 말을 되뇌었다.

"은하에게는 백혈병을 앓았던 누나가 있었단다."

"지금은 없어요?"

"응. 지난 5월에 세상을 떠났어."

"아……."

"그 이후로 은하의 그림이 더 깊어졌어."

나는 언젠가 신은하의 그림에서 보았던 소녀를 떠올렸다. 추상화인데도 불구하고 생생하게 느껴졌던 소녀. 세상을 떠났기 때문에 그렇게 신비하게 보였던 것일까?

"고통은 말이야, 참 신기한 면이 있어. 고통을 잘 견뎌내기만 하면, 그 경험이 아니면 얻을 수 없는 성장을 가져다준단 말이지."

"성장이요?"

"다른 사람들에 대한 이해, 세상에 대한 이해, 아름다움에 대한 이해를 확장시켜 준다고나 할까?"

다른 사람들에 대한 이해, 세상에 대한 이해, 아름다움에 대한 이해⋯⋯. 어렵고 추상적인 말이지만, 어쩐지 마음을 끌었다.

"좀 더 있을 거니? 나는 들어가 봐야겠다."

선생님이 자리에서 일어났다. 나도 따라 일어나 목례를 했다. 몇 걸음 걸어가던 선생님이 뒤돌아보며 말했다.

"고민이 끝나면 미술부에 들어와라. 너라면 언제나 환영이다."

한 번도 미술부에 들어가야겠다는 생각을 해 본 적은 없었다. 그런데 선생님의 그 말을 듣는 순간 가슴이 두근거렸다.

너라면 언제나 환영이다⋯⋯. 너라면⋯⋯.

기분이 좋아지는 말이었다. 슬며시 미소가 나올 것만 같았다. 하지만 아무 대답도 하지 않았다. 왜 그런지 새침하게 굴고 싶었다.

25. 엄마를 이해하는 시간

할머니와 TV를 보며 저녁을 먹고 있는데 전화벨이 울렸다. 엄마였다. 엄마의 목소리가 이전보다는 안정적으로 들렸다. 엄마는 아빠의 재활 치료를 위해 부산에 좀 더 머물러 있어야 한다고 말했다. 엄마가 나의 안부를 물었을 때, 나는 일부러 씩씩하게 대답했다. 아파서 학교를 며칠 빠졌다는 얘기는 비밀로 한 채.

"그리고 민정아……. 아빠 병원비가 꽤 많이 나올 거 같아. 네 화실비로 쓰려던 돈을 좀 써도 되겠니?"

엄마는 머뭇거리더니, 아주 미안한 목소리로 말했다.

"물론이야."

나는 담담하게 대답했지만, 엄마는 끝내 흐느꼈다.

언니에게도 전화를 걸어 아빠의 상태를 알려 주었다. 그러자 언니는 그동안 모은 아르바이트비를 모두 병원비에 보태겠다고 했다. 우리는 함께 주말에 아빠를 만나러 가기로 했다.

"너는 화실인지 뭔지 안 다녀도 괜찮나?"

TV만 보고 있는 줄 알았던 할머니가 끼어들었다. 통화내용을 다 들은 모양이었다.

"괜찮아요."

대답은 그렇게 했지만 정말 괜찮은지는 알 수 없었다. 흰 봉투를 받아 두고도 화실에 가지 않겠다고 반항했었는데, 막상 봉투가 사라진다고 하니 아쉬운 마음이 드는 건 사실이었다.

"너는 괜찮을지 몰라도 네 엄마는 안 괜찮을 거다."

"엄마가 부탁한 일인걸요."

"지금쯤 마음이 많이 상했을 거다."

할머니의 말이 맞았다. 수화기 너머로 들려 오던 엄마의 흐느끼는 소리가 다시 이명처럼 들려왔다.

"그 돈은 그냥 놔둬라. 병원비는 내가 마련해 볼 테니."

"아니에요, 괜찮아요."

"괜찮지 않다."

할머니가 고개를 절레절레 흔들며 단호하게 말했다.

"네 엄마는 명문 대학에 한이 맺혔다."

"엄마가 왜요?"

"네 엄마가 고등학교 다닐 때 공부를 참 잘했다. 얼마나 악바리인지 나가 놀지도 않고 공부를 해서 1등을 안 놓쳤지. 명문 대학을 가고도 남을 정도였다."

할머니가 한숨을 푹 쉬었다. 할머니의 눈이 가늘어졌다. 아주 오래 묵은 이야기를 꺼내 놓을 것 같은 분위기였다.

저녁 해가 뉘엿뉘엿 지고 있었다. 골목의 퀴퀴한 냄새를 뚫고 밥 짓는 냄새가 솔솔 풍겼다. 나는 할머니 때문에 이른 저녁을 먹었지만, 다른 사람들은 이제 저녁을 준비하는 모양이었다. 누군가는 김치찌개를 끓이고 누군가는 생선을 구웠다. 이 동네에 아직도 사람들이 살고 있다는 것을 말하려는 듯이.

내가 태어나기도 전, 오빠나 언니도 태어나기도 전, 엄마가 아빠를 만나기도 전, 아주 오래전으로 시간이 되돌아갔다. 그때는 이 골목도 이렇게 남루하지 않았을 것이다. 좀비가 사는 마을처럼 죽어 가지도 않았을 것이다. 골목에 활기를 불러일으키는 아이들의 떠드는 소리로 왁자지껄했을지도 몰랐다. 그때는 할머니도 이토록 거칠고 퉁명스럽지 않았을까?

엄마는 쌍둥이로 태어났다. 엄마에게는 이란성 쌍둥이 오빠가 있었다. 외삼촌은 오래전에 캐나다로 이민을 갔다고 했다. 할아버지는 고등학교 교사였다. 할머니는 할아버지가 벌어 온 돈을 차곡차곡 모아 이 집을 마련했다.

"남의 집 전세살이만 하다가 내 집이 생기니 얼마나 좋던지……."

할머니는 가늘게 눈을 뜨고 회상에 잠겼다. 늘 퉁명스럽기만 하던 할머니의 목소리와 딱딱했던 표정이 처음으로 말랑말랑하게 녹았다.

할머니는 매일같이 이 집을 쓸고 닦았다. 작은 마당에는 상추 대신 꽃을 심었다. 할머니는 집 앞 골목도 깨끗하게 쓸었다.

쌍둥이로 태어났지만 엄마와 외삼촌은 많이 달랐다. 엄마는 건강하고 매사에 적극적이었다. 외삼촌은 그렇지 못했다. 걸핏하면 감기나 배탈에 시달렸고, 성장도 더뎠다.

"차라리 둘이 바뀌었으면 얼마나 좋을까 생각했지. 그땐 딸보다 아들이 중요했던 시대가 아니었나."

할머니는 변명하듯 나를 바라보았다.

할머니의 애정은 오직 외삼촌에게만 집중되었다. 먹는 것도 입는 것도 모두 외삼촌이 먼저였다. 하지만 할아버지는 달랐다. 병약하고 어리광도 많았던 아들보다 엄마를 더 든든하게 여겼다. 엄마가 성적표를 받아올 때마다 할아버지의 기대와 자부심은 더 커졌다. 할아버지와 엄마가 미래를 꿈꿀 때면 할머니는 엄마가 외삼촌의 앞길을 막는 것만 같은 두려움을 느꼈다고 했다.

그러던 어느 날, 예기치 않은 일이 벌어졌다. 할아버지가 교통사고를 당한 것이었다. 뺑소니 사고였던 데다 목격자도 없었다. 먹고살기 위해 할머니는 쑥개떡을 만들어 시장 어귀에서 팔기 시작했다. 떡 장사를 하면서 할머니의 하얀 얼굴은 금세 새카맣게 그을렸다.

"아무리 일을 해도 둘을 한꺼번에 대학에 보낼 돈이 없었다."

"그래서 어떻게 하셨어요?"

나는 눈을 동그랗게 뜨고 할머니를 뚫어지게 바라보았다.

할머니는 내 시선을 피했다. 마른 침을 삼키고, 헛기침을 한

번 한 후, 할머니가 입을 열었다.

"시험을 못 보게 하려고 신발을 감춰 버렸다. 가방도 감춰 버리고."

"어떻게 그런 일을 할 수가 있어요!"

나는 엄마를 대신해서 항변했다.

"아들보다 딸을 먼저 대학에 보낼 순 없었다."

할머니는 여전히 내 시선을 피한 채, 하지만 단호한 말투로 말했다. 하지만 어쩐지 힘이 빠진 느낌이었다. 할머니도 후회하는 것일까?

외삼촌은 그 해 대학에 떨어졌다. 그다음 해에도 떨어졌다. 삼수를 한 끝에야 대학에 갈 수 있었다. 엄마는 그 사이 취업을 했다. 2년 동안 번 돈을 모아 대학에 들어갔다. 명문 대학은 아니었다. 직장을 다니느라 공부할 시간이 넉넉지 않았던 것이다. 대학을 졸업한 후, 좀 더 나은 직장으로 옮겼지만, 엄마는 만족하지 못했다. 엄마는 직장도, 할머니와 외삼촌도, 이 골목도 지긋지긋했다. 그 즈음 골목은 이미 쇠퇴해 가고 있었다.

그러던 엄마 앞에 아빠가 나타났다. 거래처 직원이었던 아빠는 엄마의 구세주가 되어 주었다. 엄마는 비로소 이 골목을 빠져나갈 수 있었다. 엄마는 다시는 이 골목을 찾아오지 않았다. 아빠가 파산하기 전까지는.

"네 엄마한텐 안 된 말이지만, 그때로 다시 돌아간다고 해도 나는 똑같이 할 거다. 어쩔 수 없는 일이란 말이다. 나는 네 외삼촌도 이 집도 놓을 수 없다."

외삼촌도 결혼하자마자 이 골목을 떠났다. 외삼촌은 캐나다로 이민을 떠나기 전, 할머니에게 함께 가길 권했다고 한다. 하지만 할머니는 이 골목을, 할아버지가 애써 장만한 이 집을 떠나지 않았다.

"아무리 불을 질러 봐라. 내가 이 집을 떠나나."

할머니가 갑자기 화를 버럭 냈다. 도대체 누구에게 하는 말일까? 할머니의 눈빛이 분노로 이글거렸다. 허공을 향해 할머니가 매섭게 쏘아 보았다.

"불을 지르다니, 무슨 말이세요?"

"재개발 업자들 말이다. 사람을 시켜서 몰래 불을 지른 게 벌써 세 번째다."

나는 가슴을 쓸어내렸다. 할머니는 수아가 불을 질렀다는 것을 모르는 게 분명했다. 하지만 재개발 업자는 또 뭐지?

"재개발 업자들이 왜 불을 내는데요?"

"여기를 헐고 아파트를 짓겠다는 게 아니겠나. 불이 나고 집이 헐면 사람들이 떠날 거라고 생각하는 거지. 그런 식으로 우릴 몰아내겠다는 거지."

아파트라는 말에 나는 눈이 번쩍 뜨였다. 이렇게 남루한 동네가 아파트 단지가 된다고? 더 이상 이런 퀴퀴한 냄새가 떠돌아다니는 낡디 낡은 집이 아닌 번듯한 아파트에서 살 수만 있다면 얼마나 좋을까? 그렇게만 된다면 언니도 집으로 돌아오지 않을까?

그런데 할머니의 표정이 이상했다. 아무리 정이 든 집이라고는 하지만 새 아파트에 살 수 있게 된다는데 저렇게 화를 낼까? 내가 모르는 무언가가 있는 것일까?

"할머니는 아파트가 왜 싫으세요?"

"누가 아파트가 싫다고 했나."

"그럼 뭐가 문제인 거죠?"

"여길 헐고 지은 아파트에 들어갈 수 있는 사람이 이 동네에 몇이나 될 거 같나? 아무도 없을 거다."

"뭐라고요? 그럼 여기 살고 있는 사람들은 어떻게 되는 거죠?"

"보상금 몇 푼 쥐여주고 떠나야 하겠지. 여기 사는 사람들 대부분이 이 근처에서 뭐든 하며 반평생을 살아왔다. 이제 다 늙어서 낯선 곳으로 쫓겨나면 뭘 해서 먹고 살겠나."

할머니의 말을 듣다보니 우리가 이전에 살던 동네에서 쫓겨나온 일이 생각났다. 삶의 터전을 잃는다는 것은 그보다도 더 두려운 일일 것이다.

나는 오래된 할머니의 집을 둘러 보았다. 반질반질한 마룻바닥이며 모서리마다 마모된 집안 곳곳에는 세월의 때와 할머니의 손길이 함께 묻어 있었다. 어쩌면 할머니는 그 두려움과 싸우느라 매일 집과 주변을 쓸고 닦은 것일까?

하지만 세월에 못 이겨 스스로 소멸해 가는 골목이 얼마나 버틸 수 있을까? 할머니의 집이 사라진다면 우리는 이제 어디로 가야 할까?

나는 설거지를 마치고 일찌감치 잠자리에 들었다. 밤 골목은 조용했다. 이따금 겨울바람이 불어와 덜컹덜컹 유리창을 흔들었다. 나는 눈을 감고 생각에 빠져 들었다.

엄마가 우리 세 남매를 모두 명문 대학에 보내고 싶었던 것은 그래서였다. 할머니가 화실비를 선뜻 내어 준 것도 그래서였다. 그 돈이 엄마의 해묵은 원망을 풀어 주었던 것도 그래서였다. 갑자기 엄마가 보고 싶었다. 엄마를 못 본 지 두 주가 다 되어 갔다. 엄마의 얼굴을 떠올려 보려는데 우리 학교가 떠올랐다.

저 멀리 작고 오래된 교문이 보인다. 교문을 지나 걸어가는 한 소녀가 있다. 교복을 입고, 머리를 짧게 자르고, 새침하게 입을 앙다문 채 걸어가는 소녀. 쌍둥이 오빠 때문에 대학을 포기하게 될 것도 모른 채 열심히 공부에 매진했던 소녀. 교정에 엄마가, 당차고 똑똑하고 열의에 찬 엄마가 걸어가고 있었다.

그 소녀를 생각하니 마음이 좀 아팠다.

26. 우리의 슈퍼맨

주말, 서울역은 혼잡했다. 기차 매표소 앞에는 사람들이 길게 줄을 서 있었다. 이곳에서 언니와 만나기로 했다. 중학교 수학여행 이후로 기차를 타는 게 처음이었다.

"오래 기다렸지? 교대해야 하는 아르바이트생이 제때 안 나타났어."

언니가 허겁지겁 달려왔다. 언니는 숨을 고르느라 헐떡였다.

"빨리 표부터 끊자."

좌석은 모두 매진이었다. 할 수 없이 입석표를 끊고 열차를 기다리는 동안 햄버거를 먹었다. 언니는 콜라를 벌컥벌컥 마셨다.

"할머니가 병원비를 보태 주었다는 게 사실이야? 할머니가 돈이 어디서 났대?"

"외삼촌이 보내 준 돈을 모아 둔 게 있었대."

"외삼촌이라고?"

언니가 고개를 갸웃했다. 나는 한 번도 본 적이 없는 외삼촌에 대해 대강 설명해 주었다.

"왜 아들이 있는 캐나다로 가지 않고 그런 집에 살고 있는 거래? 참 이상한 노인네야."

언니가 도저히 믿을 수 없다는 표정을 지었다.

"언니야말로 그동안 아르바이트비 모은 돈을 다 써도 괜찮겠어?"

"그럼 어떡하니, 아빠가 다쳤는데. 그나저나 아빠는 언제까지 거기 있어야 한대?"

"한동안 더 재활치료를 해야 하나 봐."

"넌 할머니랑 같이 사는 거 괜찮아?"

"뭐 그럭저럭……."

"어떻게 괜찮겠니."

내 대답이 다 끝나기도 전에, 연민이 가득한 얼굴로 언니가 말했다. 언니가 생각하는 만큼 끔찍하지는 않다고 말하려다 그만두었다. 말해 봤자 안 믿을 것 같았다.

아빠는 6인실 병실에 누워 있었다.

"창가에 자리를 잡을 수 있어서 얼마나 행운이냐."

아빠가 멋쩍게 웃었다.

수염이 거뭇거뭇하게 난 아빠의 얼굴은 너무나 수척해 보였다. 퀭해진 눈 때문에 그렇지 않아도 높은 코는 더욱 날카로워 보였다. 희끗희끗한 머리카락은 제멋대로 헝클어져 있었다. 우리의 슈퍼맨은 더 이상 날 수 없을 것만 같았다. 나도 모르게 눈물이 뚝뚝 떨어졌다. 언니가 내 팔을 꼬집고 눈을 흘겼다.

"걱정 많이 했구나, 우리 막내딸. 아빠 괜찮아. 금방 일어날 거야."

아빠가 껄껄 웃으며 말했지만 기운이 하나도 없어 보였다.

병실에서 역한 냄새가 풍겼다. 나머지 다섯 개의 침대도 모두 채워져 있었다. 아빠보다 더 심각해 보이는 환자도 있었다. 환자들이 뿜어내는 탁한 호흡으로 병실 안은 숨이 막힐 것 같았다.

"언제 퇴원하세요?"

언니가 엄마를 보며 물었다.

"며칠 더 지켜보자고 하는구나."

언니를 대하는 엄마의 말투가 새침했다. 한 번도 할머니의 집으로 나타나지 않은 것 때문에 토라진 모양이었다.

두 시간을 병실에 머물렀지만 할 말이 별로 없었다. 아빠에게 물을 수 없는 것들만 머릿속에 가득했다. 아빠가 나와 언니가 어떻게 지내는지 물었지만 그것 또한 말해 줄 수가 없었다. 병실에 누워 있는 아빠에게 걱정을 한아름 안겨 줄 수는 없었다. 결국 형식적인 질문과 형식적인 대답만 주고받다 자리에서 일어났다. 엄마가 우리를 따라 병실을 나왔다.

"가져왔니?"

나는 엄마에게 할머니가 준 돈 봉투를 건넸다. 언니도 통장과 함께 비밀번호가 적힌 종이를 건넸다. 할머니의 돈 봉투와 언니의 통장을 받아 드는 엄마의 손이 떨리고 눈시울이 붉었다.

"내가 이렇게 신세를 지고 살 줄 누가 알았겠니."

"부모 자식 사이에 신세를 지고 말고가 어디 있어?"

언니가 큰소리를 쳤다. 매일 엄마 속을 썩이던 언니에게 이런 날이 올 줄은 몰랐다. 언니가 좀 멋져 보였다.

엄마는 언니의 복학에 대해 묻지 않았다. 어떻게 살고 있는지도 묻지 않았다. 아무것도 해 줄 수 없기 때문이었다. 아빠만 수척해진 것이 아니었다. 늘 뽀얗던 엄마의 얼굴은 까맣게 타들어가 있었다. 푸석푸석한 머리카락과 우울해 보이는 눈, 메마른 입술이 엄마의 상태를 말해 주었다.

현실이란 단어가 무거운 발소리를 내며 성큼성큼 다가오고 있었다.

27. 골목 끝 집

골목을 선회하는 차가운 바람이 나를 따라붙었다. 외할머니의 집을 지나서도 나는 계속 걸었다. 골목 끝, 수아의 집까지 걸어갔다. 수아의 집은 아직도 복구가 안 된 상태였다. 이곳저곳에 불에 타 손상됐거나 검게 그을린 화재의 흔적이 남아 있었다. 공기 중에도 매캐한 냄새가 떠돌았다.

수아와 백발의 할머니는 경기도에 있는 박 씨 할아버지의 여동생 집으로 갔다고 했다. 수아는 엄마가 있다는 멕시코에 가지 못했으니 불을 지른 보람이 하나도 없는 셈이었다. 그 아이의 엄마는 알고 있을까, 수아가 엄마를 부르기 위해 불까지 질렀다는 걸?

나는 끝까지 수아의 비밀을 지켜 주었다. 외할머니에게도 말하지 않았고, 방화 사건을 조사하기 위해 골목을 돌아다니는 경찰에게도 말하지 않았다.

쓱싹쓱싹, 탕탕탕. 톱질을 하고 못을 박는 소리가 나는 곳으로 발걸음을 옮겼다. 박 씨 할아버지가 타 버린 문짝에 판자를 덧대며 보수공사를 하고 있었다. 숱 적은 회색빛 머리카락과 색 바랜 점퍼를 입은 박 씨 할아버지의 뒷모습은 외롭고 처량해 보였다. 박 씨 할아버지 옆에는 소주병과 잔이 놓여 있었다. 안주라고는 멸치와 고추장뿐이었다.

박 씨 할아버지는 한참 뒤에야 내가 온 것을 눈치챘다. 눈을 가늘게 뜨고 나를 유심히 바라보는 박 씨 할아버지에게 나는 고개를 꾸벅하며 인사를 대신 했다. 박 씨 할아버지는 다시 돌아앉아 망치를 두드렸다. 나는 그 자리에 서서 박 씨 할아버지가 못 박는 광경을 멀뚱히 바라보았다. 우리 둘 모두 아무 말도 하지 않았다.

이 집은 외할머니의 집과 비슷한 구조지만 더 작고 허름했다. 오랫동안 방치되었다는 것이 곳곳에서 드러났다. 화재까지 난 마당이니 꼴이 말이 아니었다. 이 골목이 절망이라면 이 집은 절망의 결정체였다.

"수아는 계속 거기에서 살 건가요?"

나는 용기를 내어 물었다.

"지가 살고 싶다고 살 수 있나. 거기서 받아 줘야 살지."

박 씨 할아버지가 혼잣말처럼 툭 내뱉었다. 한 번도 친절하게 말해 본 적이 없는 사람의 말투였다. 외할머니의 퉁명스런 말투에 이미 적응이 된 것인지, 박 씨 할아버지에 대한 연민 때문인지, 신기하게도 나는 기분이 상하지 않았다. 박 씨 할아버지처럼 고달픈 인생을 산 사람이라면 퉁명스러워지는 게 당연한 것인지도 모른다.

수아의 집을 나와 다시 골목을 걸어가며, 박 씨 할아버지의 말을 되새겨 보았다. 아무래도 박 씨 할아버지의 말은 수아가 다시 돌아올 것이라는 말같이 들렸다. 이전보다 더 처참해진 집으로 돌아올 수아를 생각하니 마음이 복잡했다. 고작 열두 살밖에 안 된 여자아이가 살기에는 너무 가혹한 환경이었다.

수아를 처음 보았을 때가 떠올랐다. 까무잡잡한 피부. 유독 새카만 머리카락과 눈동자. 색이 바랜 붉은색 티셔츠와 길이가 점점 짧아져 가는 청바지를 입었지만 눈에 띄게 예뻤던 아이. 묘한 분위기가 풍기던 커다란 눈동자. 꼭 어디선가 본 적이 있는 것만 같은, 기억날 듯 기억나지 않았던 눈빛.

어둠이 내리던 골목에 웅크리고 앉아 울고 있던 모습도 떠올랐다. 매서운 바람 속에 초라하기 짝이 없던 수아의 옷차림. 바람에 흐트러져 산발이 되어 버린 머리카락. 성난 고양이처럼 나를 노려보던 눈빛. 작고 사나운 동물의 울부짖음처럼 들렸던 아이의 울음소리.

어쩌면 우리는 서로를 도와줄 수 있었을지도 모른다. 수아가 떠돌이 백구로부터 나를 구해 줬듯이. 내가 남자아이들로부터 수아를 구해 줬듯이. 서로의 절망과 외로움을 견딜 수 있도록 도와줄 수 있었을지도 모른다.

나는 왜 누명을 쓴 채 손가락질을 당하고 있는 수아를 구해 주지 않았을까? 왜 도망치기에만 급급했을까? 나를 바라보는 수아의 시선을 무참히 저버렸을까? 뭐가 그토록 두려웠던 걸까?

수아를 위해 무언가 해야 할 것 같은 기분이 들었다. 그게 무엇인지는 모르겠다. 단지 막연한 책임감 같은 것이 내 마음속에 무겁게 자리 잡았다. 하지만 이제 와서 무엇을 할 수 있을까?

불현듯 검게 그을린 수아의 방이 떠올랐다. 수아가 다시 돌아온다면, 매일 그곳에서 잠을 자고 눈을 떠야 한다. 열두 살 수아는 그 방에서 무슨 꿈을 꿀 수 있을까?

28. 페인트칠

　페인트 가게는 좀처럼 눈에 띄지 않았다. 거리엔 낡고 오래된 작은 상점들이 즐비했지만 누구도 페인트칠을 할 생각은 안 하는 모양이었다. 한참을 걸은 후에야 페인트 가게 하나를 발견했다. 페인트 가게 간판 위로도 먼지가 뿌옇게 쌓여 있었다. 주의 깊게 살펴보지 않았다면 놓치고 말았을 것이다. 문을 열고 들어가자 작고 왜소한 아저씨가 혼자 가게를 지키고 있었다. 꾸벅꾸벅 졸고 있던 아저씨는 문이 열리는 삐거덕 소리에 깜짝 놀라 눈을 번쩍 떴다.

　"무슨 일이냐?"

　하품을 하며 아저씨가 물었다.

　"페인트를 좀 사려고요."

　"어디에 쓸 건데?"

　"방에 칠하려고요."

"네가?"

아저씨가 미심쩍은 표정을 지었다.

나는 고개를 끄덕였다.

아저씨는 미심쩍은 표정을 거두지 않은 채, 팸플릿을 내밀었다. 아주 오래되어 색이 바랜 팸플릿이었다. 역시 마음에 드는 색깔을 좀처럼 찾을 수가 없었다.

"원한다면 색을 섞어 줄 수도 있다."

"그럼 이 색깔과 이 색깔을 섞어 주세요. 2 대 1 정도로요."

나는 청보라 색과 흰색을 가리켰다.

아저씨는 고개를 끄덕이더니 작업에 들어갔다.

"처음 해 보냐?"

"네."

"어렵지 않다. 초보자도 다 할 수 있어."

아저씨는 붓과 롤러, 커다란 비닐과 마스킹 테이프까지 챙겨 주었다.

"두 번은 칠해야 선명하고 균일하게 나온다."

"세 번 칠해야 할지도 몰라요."

"그렇게 한심한 상태인 거냐?"

나는 고개를 끄덕였다.

아저씨가 혀를 차며 계산기를 두드렸다. 생각보다 적은 금액이었다.

"싸지? 페인트가 필요하면 언제든지 와라. 그때도 싸게 주마. 네가 이번 달 유일한 손님이다. 곧 문을 닫을 생각이야."

아저씨가 쓸쓸한 미소를 지었다. 바짝 마른 몸이 더욱 왜소해 보였다. 나는 할머니가 화실비로 주었던 흰 봉투에서 돈을 꺼내 아저씨에게 건넸다.

수아네 집은 비어 있었다. 박 씨 할아버지도 보이지 않았다. 어디서 나온 용기인지, 나는 허락도 없이 페인트칠을 하기 시작했다. 의자를 가져다가 맨 윗부분까지 말끔하게 칠했다. 아저씨 말대로 쉽고 재밌기까지 했다. 불을 때지 않은 방에는 냉기가 도는데 이마에선 구슬땀이 흘렀다. 박 씨 할아버지가 나타날까봐 조마조마했는데, 다 칠할 때까지 길고양이 한 마리 나타나지 않았다. 나는 도구들을 마당 한쪽에 잘 숨겨 두고 재빨리 빠져나왔다. 내일 이 시간에 다시 와서 한 번 더 칠하고 다음 날 또 한 번 칠할 생각이었다.

"네 옷에 묻은 게 뭐냐?"

집에 돌아온 나를 보고 할머니는 대뜸 물었다. 할머니의 말에 내 옷을 내려다보니 후드점퍼와 청바지 위에 페인트가 덕지덕지 묻어 있었다. 작년 생일에 아빠가 사 준 고가의 후드 점퍼와 내가 아끼는 역시 고가의 청바지가 엉망이 되어 버렸다. 앞으로 다시는 입을 수 없는 브랜드의 옷이라 생각하니 마음이 조금 아팠다.

다음 날도 학교가 파하자마자 나는 옷을 갈아입고 수아네 집으로 향했다. 어제 칠해 두었던 페인트는 밤새 완벽하게 말라 있었다. 페인트와 도구들은 감춰 두었던 곳에 고스란히 남아 있었다. 박 씨 할아버지는 내가 다녀간 것을 눈치챘을까? 페인트 냄새가 공기 중에 떠다녔지만, 늘 술에 취해 있는 박 씨 할아버지의 코끝에는 닿지 못했을지도 모른다.

두 번째 페인트칠은 훨씬 쉽고 시간도 적게 걸렸다. 아저씨의 말대로 두 번 칠했더니 훨씬 더 선명하고 깔끔했다. 색깔도 내가 원했던 것과 거의 일치했다. 작업이 끝난 후에도 지치기는커녕 더욱 생기가 돌았다. 기지개를 펴며 한숨을 고르려는 순간, 세월의 때에 찌든 천장이 눈에 들어왔다. 천장은 흰색으로 칠하는 게 좋을 것 같았다.

나는 다시 페인트 가게로 달려갔다. 문을 열고 들어가자 이번에도 졸고 있던 아저씨가 반색을 하며 반겼다.

"벌써 다 칠한 거야?"

"네, 생각보다 훨씬 쉬웠어요."

"그럴 거라고 했잖아. 이번엔 어디를 칠하려고?"

"천장을 칠하려고요."

"천장도 네가 칠할 거냐?"

나는 고개를 끄덕였다.

"천장은 쉽지 않다. 가만있자, 내가 기술자를 불러 주마."

내가 미처 거절할 사이도 없이, 아저씨가 어딘가로 전화를 걸었다.

얼마 후 가게 문이 열리자, 나는 깜짝 놀라 의자에서 벌떡 일어났다. 문을 열고 들어온 사람은 다름 아닌, 신은하였다.

"뭘 그렇게 놀라냐? 여기 우리 아빠 가게야."

신은하가 시큰둥하게 말했다.

그러고 보니 먼지에 쌓인 간판에 쓰인 글자가 '은하수 페인트'였다.

"너희 아는 사이냐?"

아저씨가 우리를 번갈아보며 물었다.

"같은 반이야."

"잘됐구나. 은하야, 출장 좀 다녀와라."

"아니에요. 제가 혼자 할 수 있어요."

나는 다급하게 손사래를 쳤다.

"천장은 초보자가 하긴 어렵다. 칠하는 동안 천장에서 페인트가 뚝뚝 떨어져서 네 얼굴이며 옷이 엉망이 될 거야. 바닥도 마찬가지고."

"상관없어요."

"거절하지 마라. 우리 집 단골손님 아니냐."

아저씨는 완고했다. 아저씨가 신은하의 손에 흰색 페인트 통을 들려주었다.

"앞장 서."

신은하가 나를 보며 말했다. 별일 아니라는 듯 무표정한 얼굴이었다. 아마도 이런 적이 여러 번이었던 모양이었다.

얼떨결에 앞장섰지만, 수많은 생각이 머릿속을 어지럽혔다. 음산한 골목, 퀴퀴한 냄새, 방치된 쓰레기들, 외할머니의 집, 모퉁이를 돌면 나타나는 더 낡고 추레한 집들, 수아의 집, 방화의 현장……. 가슴속에 돌멩이들이 무겁게 차올랐다.

"이쪽이야. 이 골목으로 들어가면 우리 집이 나와. 엄밀히 말하면 우리 집이 아니라 외할머니집이야."

골목 앞에서 멈춰 서서, 나는 단숨에 내뱉어 버렸다. 그리고는 눈을 질끈 감았다. 성큼성큼 걸어가는 발자국 소리에 눈을 뜨니 신은하가 앞장서서 가고 있었다. 나는 종종걸음으로 뒤쫓아 신은하의 표정을 살폈다. 이번에도 아무 표정이 없었다. 아무 일도 아니라는 듯이.

가슴속에 무겁게 쌓여 있던 돌멩이들이 하나씩 하나씩 사라지더니 마침내 모두 비워진 것 같은 느낌이 들었다. 집으로 다가가는 걸음이 한결 가벼웠다. 비로소 내 자신에게 정직해진 것 같았다.

"여기가 우리 집이야. 우리 외할머니 집."

신은하가 걸음을 멈추고 문 앞에 섰다.

"아니, 페인트칠을 할 곳은 여기가 아니야."

"그럼 어딘데?"

나는 다시 앞장서서 걷기 시작했다.

"바로 여기야."

화재가 휩쓸고 지나간 수아의 집은 아직도 처참했다. 신은하의 눈이 휘둥그레졌다. 충격을 받은 모양이었다.

"여길 다 칠할 생각이야?"

"설마……."

이 집을 다 칠한다는 것은 말도 안 되었다. 시간도 많이 걸리겠지만 무엇보다도 비용이 문제였다. 게다가 박 씨 할아버지의 허락을 받은 것도 아니었다. 내가 미처 대답도 하지 못한 상태에서 신은하가 다시 질문을 던졌다.

"나도 같이 해도 돼?"

나는 신은하의 얼굴을 잠잠히 들여다보았다. 신은하는 충격을 받은 게 아니었다. 오히려 흥미진진해하는 얼굴이었다.

어느새 신은하의 상상력이 나에게도 전염되었다. 집은 살아 있는 생명체처럼 내 눈 앞에서 시시각각 변하고 있었다. 아름다운 색깔이 덧입혀지고 생기가 돈다. 온 집안에 가득한 생기는 박 씨 할아버지와 백발 할머니, 그리고 수아에게까지 옮겨진다…….

나는 더 이상 고민하지 않았다.

"뭐, 원한다면……. 그런데 문제가 있어."

"페인트라면 걱정하지 마. 가게에 재고가 잔뜩 있으니까."

신은하가 씩 웃으며 말했다. 신은하의 웃는 얼굴은 처음이었다. 이런 일이 생길 줄은 꿈에도 몰랐다.

29. 등대를 세우는 일

우리의 작업이 시작되었다. 신은하와 나는 학교가 끝나면 바로 수아의 집으로 갔다. 신은하 덕분에 페인트를 헐값에 구입할 수 있었다. 때로는 신은하가 아저씨 몰래 페인트를 그냥 들고 나오기도 했다.

"그래도 괜찮아?"

착하고 친절한 아저씨를 속인다고 생각하니 마음이 불편했다.

"이게 공평하니까."

신은하는 공짜 페인트에 대해 그렇게 설명했다.

"공평하다는 게 무슨 뜻이야?"

신은하는 대답을 하지 않았지만, 나는 스스로 그 의미를 파악했다. 신은하는 지금 나를 돕고 있는 것이 아니라, 흥미로운 놀이에 참여하고 있는 것이다.

"어차피 창고에 쌓여 있는 것들이었어."

내 마음을 편하게 해 주려는 듯, 신은하가 덧붙였다.

신은하가 직접 조색 작업을 하면서 색깔은 더욱 다채로워졌다. 때로는 의견을 주고받으며 공동 작업을 하고, 때로는 각자의 공간을 칠했다. 어느 쪽이든 시간이 쏜살같이 날아갔다. 어둑어둑해질 무렵이면 나는 아쉬운 마음으로 작업을 접었다. 신은하도 그런 것 같았다.

잠자리에 들어서도 흥분이 가라앉지 않았다. 나는 다음 날을 기다리며 밤이 빨리 지나길 바랐다. 꿈속에서도 나는 페인트칠을 할 때가 있었다. 이따금 페인트칠을 하는 게 아닌, 그림을 그리는 내가 나타났다. 그림을 그리는 나는 점점 어려져 화실을 다니기 이전의 나, 낙서처럼 아무 데나 그림을 그려 대던 시절의 나로 돌아갔다. 쓸데없는 짓을 한다며 엄마에게 야단을 맞으면서도 그림을 그리는 게 너무 좋아서 멈출 수 없었다. 꿈을 꾸는 동안 나는 현실을 잊을 수 있었다. 사실을 말하자면 신은하와 페인트칠을 하는 동안에도 그랬다.

"빨리 안 일어나고 뭐 하나."

단잠을 깨우는 건 늘 할머니의 퉁명스런 목소리였다.

내가 알람을 맞춰 놓았으니 깨울 필요가 없다는데도 꼭 저렇게 소리를 질러 댔다. 다행히 나는 예전만큼 스트레스를 받지는 않았다. 신기한 것은 눈을 뜨면서 맞이하는 현실도 예전만큼 비참하게 느껴지지 않는다는 것이었다. 오히려 나는 아침을 기다렸다.

"너희 지금 뭐 하니?"

한참 페인트칠에 열중하고 있을 때, 머리카락이 곱슬곱슬한 아줌마가 다가와 물었다.

"페인트칠 하는데요."

"그걸 누가 몰라서 묻니? 박 씨 할아버지가 시킨 거니?"

신은하와 나는 얼떨결에 고개를 끄덕였다.

"그 할아버지가 웬일이라니, 사람까지 써서 페인트칠을 다하고…… 어쨌든 보기는 좋구나."

아줌마가 더 이상 묻지 않아서 천만 다행이었다. 어쩌면 아줌마가 의심을 하지 않는 게 당연했다. 나도 제법 잘하고 있었지만 신은하의 페인트칠 솜씨는 거의 전문가 수준이었다.

두 시간쯤 후에 우리는 또 같은 질문을 받았다. 이번에는 늙수그레한 아저씨였다.

"너희 우리 집도 좀 칠해 볼래? 시간당 얼마를 주면 되겠냐?"

한동안 지켜보던 아저씨가 제안을 해 왔다.

"쉬워요. 직접 하셔도 될 거예요."

"그래? 그럼 겨울 지나고 내년 봄이 되면 생각해 보지."

아저씨가 고개를 갸웃하며 말했다.

나는 아저씨를 따라가서 은하수페인트 가게의 위치를 알려 주었다.

신기한 것은 페인트칠을 하는 동안 한 번도 박 씨 할아버지와 마주치지 않았다는 것이었다. 얼마간은 운이 좋다고 생각했지만 어느 순간 박 씨 할아버지가 일부러 자리를 피해 준 것일지도 모른다는 생각이 들었다. 그 생각을 뒷받침하기라도 하듯이, 하루는 크림빵 두 개와 우유 두 팩이 마루에 놓여 있었다. 신은하와 나는 마루에 나란히 걸터앉아 빵과 우유를 먹었다. 신은하는 배가 고팠던지 게눈 감추듯이 빵을 먹어 치우고 우유를 벌컥벌컥 마셨다. 허기가 어느 정도 채워지자 신은하가 입을 열었다.

"여긴 왜 불이 난 거니?"

신은하에게 나는 수아에 대한 이야기를 들려주었다. 지금껏 아무에게도 말하지 않았던 방화에 대한 진실도 알려 주었다. 이야기를 듣는 동안 신은하의 얼굴이 고통스럽게 일그러졌다.

"그 아인 지금 어딨니?"

"고모할머니 집으로 갔어."

"언제 돌아오는데?"

"몰라. 어쩌면 안 돌아올지도……."

내 대답을 들은 후, 신은하는 잠시 생각에 잠겼다. 나도 멍하니 앉아 있었다.

페인트칠을 하는 동안 나는 이따금 수아가 아주 돌아오지 않을까 봐 걱정이 되었다. 고모할머니가 수아를 예뻐하거나 불쌍히 여겨서 계속 거기 살게 한다면……. 그래서 결국 이 집이 얼마나 예쁘게 변했는지 알지도 못한다면……. 수아를 위해서는 오히려 그게 더 잘 된 일일까? 그래도 나는 수아가 돌아오길 바랐다.

"그 아이가 돌아오기 전에 빨리 끝마치자."

신은하가 불쑥 입을 열더니 롤러를 집어 들고 페인트칠을 시작했다. 오랫동안 그 일을 해 왔던 장인처럼 능숙하고 성실하게. 손놀림은 빠르지만, 절대로 대충하는 법은 없었다.

나는 미술 선생님에게 들었던 신은하의 누나에 대한 이야기를 떠올렸다. 신은하는 백혈병으로 세상을 떠났다는 누나 때문에 수아에게 더 연민을 느끼고 있는지도 몰랐다. 나는 그의 그림을 더욱 깊게 만들어 버린 고통이 무엇인지 묻고 싶었다. 그 고통이 그의 내면에서 무슨 일을 벌인 것인지 알고 싶었다. 하지만 물을 수 없었다. 덕분에 며칠 동안 함께 작업을 하면서도 나에게 신은하는 여전히 신비로운 아이로 남아 있었다.

갑자기 기온이 뚝 떨어진 날, 우리는 작업을 모두 마쳤다. 그날까지 박 씨 할아버지의 우유와 빵도 계속 같은 자리에 놓여 있었다. 평범한 하얀 우유에 동네 구멍가게에서 파는 크림빵인데 그렇게 맛있을 수가 없었다. 할아버지는 매번 같은 빵을 사 왔지만 우리는 질리지도 않고 놀라운 속도로 먹어 치웠다.

작업이 고돼서라기보다는 한참 성장기이기 때문이었다. 내 키는 이제 신은하와 비슷한 수준이었다. 신은하는 키가 큰 편은 아니었다. 승우오빠처럼 잘생기지도 않았다. 외모만 봐서는 이보다 더 평범할 수가 없는 아이였다. 이목구비 어느 것 하나도 특별히 잘생긴 부분이 없었다. 저렇게 평범한 모습 어디에 그토록 비범한 재능이 숨겨져 있는 것인지, 나는 가끔 궁금했다.

신은하와 나는 각자 마음이 이끄는 대로 수아의 집을 둘러보았다. 백발 할머니의 방에는 나비와 꽃이 잔잔하게 그려졌다. 백발 할머니가 가장 아름다웠던 시절로 돌아가 꽃밭을 거니는 꿈을 꾸길 바라며, 포근한 느낌을 주는 파스텔 색을 사용했다.

박 씨 할아버지의 방은 푸른 바다로 변했다. 신은하가 벽에 그려 넣은 파도는 활기차게 넘실댔다. 하얀 돛을 단 작은 배가 저 멀리 보였다. 한쪽 벽면으로는 크고 작은 물고기들이 떼를 지어 헤엄을 쳤다. 박 씨 할아버지는 어쩌면 이 방에서 만선의 꿈을 꿀지도 모른다.

우리는 짐을 챙겨서 밖으로 나왔다. 파란색 철문이 열리고 다시 닫혔다. 앞장서서 걸어가는 신은하가 점점 멀어졌다. 나는 걸음을 멈추고 눈을 감은 채 상상해 보았다.

누군가 골목 앞에 서 있다. 금이 간 곳마다 이끼와 잡풀이 기를 쓰고 뚫고 나온다. 어디서 흘러나오는지 알 수 없는 퀴퀴한 냄새들이 공기 중에 떠돈다. 모든 것이 낡고 음산하다. 모퉁이 너머는 더 심각하다. 사람이 살고 있다는 것이 믿어지지 않을 정도로 집들은 낡고 더럽고 허름하다. 빈집은 놀라운 속도로 죽어 가고 있었다.

그런데 골목 저 끝에 빛나는 무언가가 있다. 하얗게 칠한 외벽과 파란 철문! 그는 깜짝 놀라 그곳으로 빨려들 듯 다가간다. 참았던 숨을 몰아쉰다. 집안에서 흘러나오는 생기가 그의 가슴속 절망과 두려움을 모두 몰아낸다. 골목을 떠도는 한숨소리가 한순간 사라진다.

나는 다시 눈을 떴다. 저 앞에서 신은하가 걸음을 멈춘 채 나를 보고 있었다. 아니, 내 뒤에 있는 수아의 집을 보고 있는 것이다. 신은하가 뭐라고 중얼거리는데 무슨 말인지 알아들을 수가 없었다.

"뭐라고?"

나는 고함을 치듯 되물었다.

"저건 꼭 등대 같아."

신은하가 말했다.

등대라고? 밤바다처럼 적막하고 외로운 골목에 우리는 등대를 세운 것일까?

할머니가 아무리 반대해도 언젠가 이 골목은 소멸할 것이다. 그 시기가 생각보다 빨라질지도 모른다. 그러면 박 씨 할아버지의 집도 사라져 버리겠지? 신은하와 내가 추운 날씨에도 땀을 흘려 가며 페인트를 칠한 하얀 벽과 파란 철문도 포클레인이 무참하게 무너뜨리겠지? 박 씨 할아버지와 백발 할머니와 수아를 위한 아름다운 공간들도?

그럴 걸 알면서도 나는 정성을 다해 칠했다. 그렇다고 해도 후회하지 않았다. 그건 수아에게 건네는 작은 위로니까. 수아에게 진 빚을 이제야 갚는 것이니까. 수아가 내민 손을 무참히 뿌리쳤던 것에 대한 마음 깊은 곳으로부터의 사과니까.

30. 로맨틱 코미디는 로맨틱하지 않았다

승우오빠를 만나기 위해 버스에서 내려 지하철로 갈아탔다. 이 과정이 더 이상 설레지 않고 번거롭게 느껴지는 것은 내 마음이 변했다는 증거였다. 그것도 모르고 승우오빠는 자신이 변하지 않았다는 것을 보여 주기 위해 애를 썼다.

요즘처럼 중요한 시기에 나와 영화를 보려는 것도 그중 하나였다. 나는 그런 승우오빠의 호의를 받아들이는 것이 불편했다. 승우오빠의 시간을 빼앗지 말라던 승우오빠 엄마의 얼굴이 매번 떠올랐다. 승우오빠는 나를 만나기 위해 거짓말을 하고 나오는 것일까? 나는 또 억울한 마음이 들었다. 차라리 지하철이 정차하지 않고 계속 달렸으면 좋겠다.

"잘 지냈지?"

승우오빠는 해맑은 표정으로 활짝 웃었다. 사람이 어떻게 늘 저렇게 해맑을 수가 있을까, 생각을 하며 나도 따라 웃었다.

"너 좀 달라진 것 같다."

승우오빠가 나를 이리저리 뜯어봤다.

"달라지긴 뭐가 달라졌다고 그래."

나는 승우오빠의 어깨를 툭 치며 말했다.

"말투도 달라진 것 같은데."

승우오빠가 고개를 갸우뚱했다.

"환경이 변했는데 사람이 변하는 거야 당연한 거 아냐?"

내 말을 듣고 승우오빠의 표정이 심란해졌다. 어떻게 반응해야 할지 모르겠다는 표정이었다. 아마도 내 눈치를 보고 있을 것이다. 하긴, 열등감은 시한폭탄 같은 것이라 잘못 건드리면 큰일 난다.

"농담이야, 농담."

나는 깔깔거리며 웃었다.

농담이 아니라는 것을 우리는 모두 알고 있는 눈치였다. 하지만 승우오빠가 알아 주었으면 좋겠다. 내가 열등감을 가지고 한 말은 아니라는 것을. 하지만 승우오빠는 절대로 이해하지 못할 것 같다. 한 번도 환경이 변해 본 적이 없으니까.

승우오빠가 고른 영화는 재미없었다. 장르는 로맨틱 코미디였는데 죄 어설프게 느껴졌다. 나는 이따금 하품을 해 댔다. 졸음을 쫓기 위해 계속해서 팝콘만 먹었다.

"배고파? 아침 안 먹었어?"

콜라를 건네주며 승우오빠가 작은 소리로 물었다.

나는 고개를 저으며 빨대로 콜라를 죽 빨아들였다. 하지만 결국 나는 마지막 부분쯤에는 꾸벅꾸벅 졸고 말았다.

"지루했지?"

"조금."

"누나가 재미있다고 해서 이걸로 고른 건데……."

승우오빠가 억울하다는 표정을 지었다.

나도 예전에는 이런 영화를 좋아했다. 외할머니의 집이 있는 골목에서 살기 전에는, 나의 마지막 희망이던 아빠가 사고로 입원하기 전에는, 수아를 만나기 전에는. 그런데 어느 날 갑자기 내 인생이 너무 무거워졌다. 로맨틱 코미디 영화를 보며 공감하기에는.

점심으로 사케동을 먹었다. 두툼하고 부드러운 연어 살이 입 안에서 사르르 녹았다. 나는 승우오빠가 앞에 있다는 것도 잊은 채 정신없이 그릇을 비웠다. 마지막 한 숟가락을 입에 넣고 고개를 들자, 승우오빠가 반쯤 넋이 나간 얼굴로 나를 바라보고 있었다. 승우오빠는 반도 채 못 먹은 채였다.

"왜 안 먹어?"

"뭐, 그냥……. 너 다 먹었으면 일어나자."

승우오빠가 계산서를 들고 일어났다. 나는 남겨진 연어 살점이 아깝다는 생각을 했다.

"너 정말 달라진 것 같아. 우리가 그렇게 오랫동안 못 본 거니?"

디저트 카페에 마주 앉아, 승우오빠가 다시 물었다.

나는 대답 대신 화제를 돌려 버렸다.

"고3 준비는 잘 되어 가?"

"앞으로 1년은 죽었다고 생각하고 견뎌야지 뭐."

승우오빠는 한숨을 내쉬고는 예비 고3의 고달픈 일상에 대한 이야기를 끝도 없이 풀어 놓았다. 혹시 이 생활을 즐기는 건 아닐까 의심이 들 만큼, 신이 나서 떠들어 댔다. 승우오빠는 한 번도 자신의 진로에 대해 의심해 본 적이 없을까? 그건 행복한 것일까? 예전 같으면 당연히 그렇다고 생각했을 질문에 대해 이상하게 의문이 들었다.

"오빠는 언제부터 화실에 다녔어?"

"본격적으로 다닌 것은 초등학교 5학년 때부터지."

"그럼 초등학교 5학년 때 오빠의 인생이 결정된 거야?"

나도 모르게 웃음이 터져 나왔다.

승우오빠의 얼굴이 일그러졌다. 무례했다는 것을 깨달았지만, 이미 늦어버렸다.

"새로운 화실은 어떤 곳이야?"

승우오빠가 애써 불쾌한 표정을 감추며 물었다.

"화실에 안 다니고 있어."

"마땅한 곳을 못 찾은 거야?"

"그렇다기보다는 그림을 그리는 게 자신 없어졌어."

"갑자기 왜?"

승우오빠의 눈이 동그래졌다.

나는 신은하를 떠올렸다. 신은하가 그린 그림도 떠올렸다. 내가 얼마나 오랫동안 주눅이 들어 있었던지 말해 주려다가 그만두었다. 어차피 신은하의 그림을 직접 보기 전에는 내 말을 절반도 이해하지 못할 것 같았다.

"그냥 좀 그랬어."

"이젠 괜찮은 거지?"

승우오빠는 오히려 걱정스러운 눈빛으로 나를 바라보았다. 뒤늦게 사춘기를 앓고 있는 철없는 아이를 바라보는 눈빛 같았다. 그런데 나는 승우오빠의 그 눈빛에 동의할 수 없었다. 그래서 화가 나려고 했다. 큰 소리로 반박을 하는 건 애초에 포기하기로 했다. 그래봤자 나만 이상한 아이가 되고 말 것 같았다. 나는 이미 녹아 버린 아이스크림만 묵묵히 떠먹었다.

승우오빠와 헤어져 집에 돌아오는 길에 나는 깊은 생각에 빠졌다. 지금까지 하지 않았던 생각들을 한꺼번에 하는 것처럼 나는 요즘 생각을 많이 했다. 이전엔 생각할 필요가 없었다. 이미 정답을 알고 있는 엄마가 있으니까. 지금도 엄마가 내 머릿속을 들여다본다면 아마 소리를 빽 지를 것이다. 정신 차리라고. 이렇게 중요한 시기에 무슨 쓸데없는 생각이냐고.

그런데 나는 좀 더 오래 쓸데없는 생각을 하고 싶었다. 엄마가 집에 없어서 다행이었다.

31. 마침내 결심했다

엄마가 집에 돌아왔다.

"아주 돌아온 거야? 아빠는?"

"아빠의 퇴원이 늦춰졌어. 엄마도 다시 내려가야 할 것 같아. 재활이 생각만큼 쉽지 않네."

엄마는 미안한 얼굴로 말했다.

"엄마 아빠만 괜찮다면 나는 괜찮아."

"할머니랑 단 둘이 지내려니 힘들지?"

"아냐, 익숙해져서 괜찮아."

하지만 엄마는 내 말을 믿지 않는 눈치였다.

"엄마, 오늘 나랑 데이트 할래?"

"갑자기 무슨 일이래?"

"그냥, 그러고 싶어서."

나는 엄마와 팔짱을 끼고 걸었다. 오랜만에 엄마와 수다를 떨었다. 지수 이야기도 하고 승우오빠를 만났던 이야기도 했다. 하지만 정말 중요한 이야기는 하지 않았다. 신은하와 함께 박 씨 할아버지의 집을 페인트칠을 한 이야기를 해 주면 엄마는 노발대발할 것이다.

엄마와 역사가 깊다는 즉석 떡볶이 집으로 들어갔다.

"이 집이 아직도 있네."

엄마는 눈이 휘둥그레지며 반가워했다.

"주인은 바뀌었겠지?"

엄마의 예상대로 주인은 바뀌었다. 이전 주인의 딸이라고 했다. 떡볶이가 보글보글 끓자, 엄마는 더 이상 못 참겠다는 듯이 허겁지겁 먹었다.

"비법을 전수받았나 보다. 맛이 그때와 똑같아."

엄마는 정말 맛있게 먹었다. 이 동네에도 엄마가 좋아하는 것이 있어서 다행이었다.

"민정아, 너도 좀 먹어."

엄마는 한참 신나게 먹다가 그제야 나를 발견했다는 듯이 말했다.

"엄마 먹는 것만 봐도 배가 불러."

나는 엄마의 엄마가 된 것처럼 흐뭇한 미소를 지었다.

떡볶이를 먹은 후에 카페를 찾아다녔다. 향과 맛은 둘째 치고 외관부터 엄마의 취향에 맞는 곳을 찾을 수가 없었다. 프랜차이즈 커피 전문점도 보이지 않았다. 저녁이 되면서 날씨는 점점 더 쌀쌀해졌다. 차가운 바람을 오래 쐬서 귀는 빨갛게 얼었고 머리는 아파 왔다.

"그냥 아무 데나 들어가자."

엄마가 먼저 말을 꺼냈다.

"엄마 괜찮겠어? 엄마는 커피도 아무 거나 안 마셨잖아."

"얘, 나 여기 출신이야. 아무렴 내가 너보다 적응을 못 하겠니?"

엄마는 내 팔을 붙잡고 가장 먼저 발견한 카페의 문을 열고 들어갔다. 작고 아늑한 그 카페는 화려하진 않았지만 오래된 건물에 있는 카페치고는 꽤나 깔끔했다. 엄마는 아메리카노를, 나는 핫초코를 주문했다. 엄마가 커피를 한 모금 마셨다.

"어때?"

"솔직히 별로야."

엄마와 나는 깔깔거리며 웃었다. 사실 핫초코도 좀 싱거웠다.

엄마와 함께 창밖을 구경했다. 이 동네에서는 번화가여서 밤 늦게 돌아다니는 사람들이 꽤 있었다. 학생들도 눈에 띄었다.

"쟤들 하고 다니는 꼴 좀 봐라. 대학 가는 건 글렀다."

엄마가 화장을 짙게 하고 짧은 치마를 입고 돌아다니는 한 무리의 여학생들을 보고 말했다. 방학을 맞아 저마다 화려한 색으로 머리도 물들였다.

"하긴, 내가 남 걱정할 때는 아니지."

엄마가 커피를 마시며 한숨을 쉬었다.

"너는 어떻게 할 생각이야?"

엄마가 근심이 가득한 눈빛으로 물었다.

"아직도 화실에 안 나가고 있다면서, 생각해 둔 거라도 있어?"

엄마가 내 의견을 물어봐 주다니, 감동이었다. 아빠 일로 정신이 없는 게 좋은 점도 있었다. 나는 엄마를 실망시키고 싶지 않았기 때문에 무슨 말이라도 해야 했다.

"엄마, 우리 반에 그림을 정말 잘 그리는 애가 있다고 했던 거 기억나?"

"참, 그랬었지."

"그 아이는 매일 학교 미술실에서 그림을 그려."

"정말로 화실을 안 다닌다는 말이야?"

나는 고개를 끄덕였다.

엄마는 여전히 못 믿겠다는 표정이었다. 아마 속으로 화실을 다니거나, 아니면 그림 실력이 신통치 않을 거라고 생각하고 있을 것이다.

"미술 선생님한테 배우는 거야?"

"뭐, 그런 셈이지."

나는 대충 얼버무렸다. 신은하가 미술 선생님의 영향을 얼마나 받고 있는지는 사실 미지수였다.

"너희 미술 선생님은 어느 학교 나오셨는데?"

엄마의 눈이 반짝였다.

"그건 잘 모르겠는걸."

엄마가 다소 실망하는 눈치였다.

"나도 미술부에 들어갈까 봐."

"그러고 싶어?"

엄마를 안심시키기 위해 꺼낸 말인데, 막상 말을 꺼내고 보니 진심이라는 생각이 들었다. 마치 오래전부터 정해 두었던 것처럼.

그동안 화실을 오래 다닌 덕에 기술은 충분히 익혔다. 이제는 오롯이 나의 그림을 그릴 때가 된 것 같았다. 물론, 함께 보낸 시간 동안 좀 가까워졌다고 해도 신은하와 같은 공간에서 그림을 그린다는 것은 용기가 필요했다. 나는 용기를 내 볼 생각이었다.

"나는 미술부에서 그림을 그릴 거야."

나는 다시 한번 힘주어 말했다. 엄마가 아닌 나 자신에게 하는 다짐 같았다.

32. 그 애를 만나다

창밖에 키 큰 자작나무가 보였다. 이 나무는 3층 미술실 창문을 훌쩍 넘었다. 가지 위로 이름을 알 수 없는 새 일곱 마리가 또르르 앉았다 다시 날아갔다. 바람이 불지 않는 겨울이었다. 겨울 햇살이 창문을 부지런히 통과했지만 난방이 시원치 않은 미술실은 여전히 추웠다. 나는 담요로 무릎을 꽁꽁 싸맸다.

방학이지만 나를 포함한 여섯 명의 학생들이 미술실에 나와 있었다. 신은하는 내 앞의 책상에 앉아 있었다. 주제는 따로 없었다. 그냥 그리고 싶은 것을 그리면 되었다. 지켜보는 사람도 없는데 모두 진지했다. 잡담도 없이 각자의 그림에만 몰두했다.

내 앞에도 스케치북이 펼쳐져 있었다. 수아의 방에 걸어 둘 그림을 그릴 생각이었다. 신은하와 나는 약속이라도 한 것처럼 수아의 방에는 아무 그림도 그리지 않았다.

나는 눈을 감고 수아를 떠올렸다. 애잔한 수아의 노랫소리가 귓가에 들려 왔다. 어린 무희처럼 수아가 빙글빙글 돌면서 춤을 추었다. 공터에 어둠이 내리고 구름이 붉게 물들어갔다. 수아의 새카만 머리카락과 새카만 눈동자가 신비롭게 빛났다. 목에는 장미꽃이 그려진 분홍색 스카프가 둘러져 있었다. 시간이 멈췄거나 아니면 이전과는 다른 방향으로 흐르는 것만 같았다.

순간, 잊고 있던 기억이 떠올랐다. 집시 사진 전시회에서 보았던 소녀의 눈빛. 경계심이 가득한, 차갑고 불안하고 슬픈 눈빛. 처음부터 수아가 눈에 익었던 것은 그 소녀의 눈빛을 닮았기 때문이었다.

나는 이제 눈을 뜨고 스케치를 시작했다. 머릿속 영상이 사라지기 전에 화폭에 남겨야 했다. 내 손은 쉬지 않고 부지런히 움직였다.

넌 그림 그리는 걸 좋아하는 아이였어. 그것도 아주 많이.

이번에는 언니의 목소리가 속삭였다.

나는 다시 어린아이로 돌아갔다. 엄마한테 야단을 맞아가면서까지 낙서 같은 그림을 쉬지 않고 그렸던 아이. 그림으로 머릿속 상상들을 표현하고 싶었던 아이. 기쁨도 슬픔도 그림으로 표현했던 아이.

주위의 모든 것이 사라져 버렸다. 나는 날개를 달고 하늘을 날아가 벼락 맞은 공터에 사뿐히 내려앉았다. 저만치서 수아가,

빙글빙글 돌면서 춤을 추는 수아가 까르르르 웃으며 나에게 손
짓을 했다.

진정한 성장이란 나만의 답을 찾아가는 것

'작가의 말'을 쓸 때면 카페로 향하게 된다. 우리 아파트 건너편에는 제과점 2층에 딸린 작은 카페가 있는데, 그곳은 아마도 나이 드신 아주머니들의 아지트인 것 같다. 가끔 그곳에서 소설 작업을 하다 보면 그분들의 구수한 이야기 소리가 들려 온다. 그 속에는 삶의 애환이, 그들만의 유머가, 가족에 대한 사랑과 염려가 담겨 있다. 오늘은 모처럼 카페가 한적해서 거리의 풍경이 훤히 내다보이는 창가에 조용히 자리를 잡고 앉았다.

성장소설은 나에게 치유와도 같다. 한 권의 성장소설의 집필을 마칠 때 즈음, 나는 오랫동안 나를 지배해 왔던 문제로부터 비로소 자유로워지는 것을 느낀다.

『그 애를 만나다』는 작가로서의 정체성에 대한 고민을 다룬 이야기다. 3년 전에 돌아가신 나의 어머니는 초등학교 선생님이셨다. 어머니는 나를 희생으로 키우셨지만 나를 온전히 이해하지는 못하셨다. 어머니에게는 늘 정답이 있었고 나는 그 정답을 찾아야 한다는 강박에 시달렸다. 그것은 작가가 된 이후에도 마찬가지였다. 나는 늘 무의식적으로 정답을 찾고 있었다. 그러는 사이 글을 쓰는 일은 점점 부담스럽고 두려운 일이 되어 갔다.

이 작품을 쓰기 시작했을 때, 나는 무엇을 말하고 싶은 것인지 스스로도 알지 못했다. 하지만 이야기가 진행되는 동안 나는 민정이와 함께 예술의 의미를, 상상력과 영감을, 재능과 비교의식을, 슬럼프를 극복하는 일을 고민했고 나만의 답을 찾아 갔다.

또 한 가지, 나는 『그 애를 만나다』를 통해 나만의 작가관을 갖게 되었다. 작가란 자신의 생각을 쓰는 사람이라는 것, 다른 사람의 생각을 가지고는 글을 쓸 수 없다는 것을 깨달았고, 또 그것을 표현했다. 이 단순하고도 쉬운 진실이 누군가에게 도움이 되기를.

이 소설의 또 다른 주제는 '고통의 가치'에 관한 것이다. 주인공 민정이를 통해 '잘 견뎌 낸 고통은 그 경험이 아니면 결코 얻을 수 없는 큰 성장을 가져다준다.'는 것을 보여 주고자 했다.

모든 것이 성공을 향해 잘 짜여져 있는 듯한 환경을 벗어났을 때, 민정이는 비로소 자신과 세상에 눈을 떠 스스로 생각하고 선택할 수 있게 되었다. 이렇듯 진정한 성장이란 나만의 답을 찾아가는 것이 아닐까.

첫 성장소설이었던 『우리는 가족일까』를 통해 나는 많은 청소년 독자들을 만나는 행운을 누렸다. 그들 중 두 명의 학생이 그 다음 소설에서 자신의 이름을 주인공의 이름으로 써 달라고 부탁했다. 바로 '신은하'와 '이민정'이다. 그 아이들과의 약속을 지킬 수 있게 되어서 기쁘다.

작가란 참 좋은 직업이다. 글을 쓰기 위해, 또 글을 쓰면서 계속해서 성장해 나가기 때문이다. 나는 요즘 이전보다 훨씬 자유롭게, 다시 흥미롭게, 내가 고통을 겪으며 배운 것을 새로운 소설을 통해 풀어내는 중이다.

이 부족한 소설이 세상에 나올 수 있게 된 것에 대해 감사드린다.

2019년 3월

유 니 게

유 니 게

1968년 서울에서 태어났으며 카톨릭대학교와 연세대학교대학원에서 영문학을 전공했다. 2006년 '경인일보 신춘문예'에 단편소설이 당선되어 작품 활동을 시작했다. 2015년 첫 청소년소설 『우리는 가족일까』를 출간하여 서울특별시 어린이도서관 청소년 권장도서, 한국출판문화산업진흥원 세종도서 문학 나눔에 선정되는 등 큰 주목을 받았으며 많은 독자들에게 호응을 얻었다. 두 번째 청소년소설 『그 애를 만나다』를 펴내면서 우리 청소년문학의 성장소설과 가족소설 영역을 한층 더 확장하는 작가로서 자리매김하고 있다.

푸른도서관

1. 뢰제의 나라 강숙인 지음

교통사고로 가사 상태에 빠진 열두 살 소년이 저승사자의 손에 이끌려 저승인 '뢰제의 나라'
를 여행하면서 벌어지는 모험담을 담은 판타지소설.

★윤석중문학상 수상작 ★동화읽는가족 추천도서

2. 아버지가 없는 나라로 가고 싶다 이규희 지음

아픈 결핍의 가족사를 벗어던지고 마침내 더 너른 세상을 향해 나아가는 소녀를 통해 성장의
의미를 곰곰이 곱씹게 해 주는 가슴 뭉클한 성장소설.

★세종아동문학상 수상작가

3. 까망머리 주디 손연자 지음

좋아하는 남학생에게 외모에 대한 조롱 섞인 말을 듣고, 입양아인 자신이 미국 사회의 이방
인이라는 사실을 깨닫는 사춘기 소녀 주디가 정체성을 찾아가는 이야기.

★책따세 추천도서 ★학교도서관사서협의회 추천도서 ★부산광역시교육청 도서인증제 권장도서

4. 이삐 언니 강정님 지음 ✳

일제 강점기 말과 해방 공간을 시간적 배경으로 밤나무정 마을에 사는 '복이'라는 여자아이
의 삶의 비밀을 하나하나 알아가는 과정을 그린 아름다운 연작소설집.

★서울시교육청 교과별 권장도서 ★한우리독서토론논술 필독도서 ★한국아동문예상 수상작

5. 너도 하늘말나리야 이금이 지음 ✳

미르와 소희, 바우는 각자의 상처를 속으로 감추고 괴로워하다 서로를 알아본다. 서로의 상
처를 보듬어 주는 순간, 상처에는 새살이 돋고 아이들은 비로소 성장하게 된다.

★중학교 〈국어〉 교과서 수록 ★책따세 추천도서 ★〈중앙일보〉 좋은책 100선 선정도서

6. 내 이름엔 별이 있다 박규규 지음 ✳

1970년대라는 한국 사회의 정치적·사회적 격동기를 배경으로 성장해 나가는 사춘기 소년의
삶을 통해 2000년대의 우리가 잊고 지냈던 '꿈'과 '희망'을 다시 한 번 환기시켜 준다.

★서울시립어린이도서관 추천도서

7. 토끼의 눈 강정규 지음 ✳

한국 전쟁을 배경으로 한 세 편의 이야기를 엮은 소설집. 작품 속에 총소리나 죽음은 등장하
지 않지만, 천진한 아이들의 눈으로 바라본 전쟁이 숨이 막힐 듯 가깝게 다가온다.

★세종아동문학상 수상작 ★아침독서 청소년 추천도서

8. 화랑 바도루 강숙인 지음

부모님을 일찍 여읜 바도루가 김충현 장군 밑에서 생활하며 그의 자제인 경천과 함께 피나는
노력과 뜨거운 우정을 나누며 꿈에 그리던 화랑이 되는 이야기를 그린 본격 역사소설.

★동화읽는가족 추천도서

9. 유진과 유진 이금이 지음 ＊

어린 시절 함께 성추행을 당한 동명이인 '유진과 유진'의 각각 다른 성장 과정을 통해 청소년의 심리를 아주 세밀하게 보여 주는 이금이 작가의 청소년소설.

★ 책따세 추천도서   ★ 어린이도서연구회 청소년 권장도서   ★ 학교도서관저널 선정 성장소설 50선

10. 마사코의 질문 손연자 지음

일본인 소녀의 입으로 일본인의 죄를 묻는 이야기. 일제 강점기에 우리 민족이 겪은 온갖 수난을 생생하고 절실하게 그려 낸 9편의 작품이 실려 있다.

★ 세종아동문학상 수상작   ★ SBS 어린이미디어대상 수상작   ★ 한우리독서토론논술 필독도서

11. 아, 호동 왕자 강숙인 지음

비극적 사랑의 대명사 호동 왕자와 낙랑 공주. 그들이 정말 사랑하는 사이였는가에 대한 의문으로 시작된 역사소설. 우리가 알고 있던 이야기를 뒤집어 전혀 새로운 시각을 제시한다.

★ 한우리독서토론논술 필독도서   ★ 서울독서교육연구회 추천도서   ★ 책읽는교육사회실천협의회 추천도서

12. 길 위의 책 강미 지음

'책'을 통해 자연스럽게 자신의 고민과 방황을 해결하고 상처를 치유해 나가는 여고생들의 이야기를 잔잔하게 그렸다. 청소년들을 위한 성장소설들이 '책 속의 책'으로 가득 담겨 있다.

★ 제3회 푸른문학상 수상작   ★ 책따세 추천도서   ★ 문화체육관광부 우수교양도서

13. 느티는 아프다 이용포 지음

'지금 여기'의 '가장 낮은 곳'을 이야기하는 성장소설. 독자들에게 이웃을 바라보는 시선을 바꾸고 존재의 소중함을 돌아볼 수 있는 시간을 마련해 준다.

★ 한국문화예술위원회 우수문학도서   ★ 평화박물관 선정 청소년 평화책

14. 발끝으로 서다 임정진 지음

베스트셀러 『행복은 성적순이 아니잖아요』의 임정진 작가가 펴낸 청소년소설. 낯선 땅으로 홀로 유학을 떠난 주인공을 통해 조기 유학생활의 어려움과 외로움을 절절하게 그렸다.

★ 책따세 추천도서

15. 마지막 왕자 강숙인 지음

역사의 그늘에 가려져 있던 인물이자 신라의 마지막 왕인 경순왕의 아들 마의태자를 주인공으로 한 역사소설로, 그의 새로운 영웅적 면모를 보여 준다.

★ 〈중앙일보〉 좋은책 100선 선정도서   ★ 어린이도서연구회 청소년 권장도서

16. 초원의 별 강숙인 지음

마의태자를 주인공으로 한 『마지막 왕자』의 후속작. 사라져 버린 나라를 그리워하던 주인공 새부가 광활한 만주 대륙에서 아버지의 꿈을 이루는 과정을 흥미진진하게 그리고 있다.

★ 동화읽는가족 추천도서

17. 주머니 속의 고래 이금이 지음 ✳

가슴속에 품고 있는 꿈을 찾기 위해 노력하는 열다섯 살 아이들에 대한 이야기이다. 저마다 꿈을 좇는 과정에서 실패와 좌절을 겪지만 다시 씩씩하게 일어나는 모습을 보여 준다.

★ 중학교 〈국어〉 교과서 수록　★ 아침독서 청소년 추천도서　★ 대한출판문화협회 올해의 청소년도서

18. 쥐를 잡자 임태희 지음

원치 않는 임신을 한 여고생의 이야기로 성에 대해 여전히 취약한 우리 청소년의 현실을 돌아보고 위험성을 인식하게 만든다. 동시에 대책 마련이 시급하다는 사실을 새삼 일깨운다.

★ 제4회 푸른문학상 수상작　★ 아침독서 청소년 추천도서　★ 어린이도서연구회 청소년 권장도서

19. 바람의 아이 한석청 지음

우리나라 아동청소년문학 최초로 발해를 소재로 한 장편역사소설. 고구려 멸망 뒤 옛 고구려 지역에 살던 이들의 비참한 삶과 나라를 되찾고자 하는 투쟁을 생생하게 그려 냈다.

★ 한우리독서토론논술 필독도서　★ 책읽는교육사회실천협의회 추천도서

20. 베스트 프렌드 이경혜 외 지음 ✳

사춘기를 지나 성숙한 남녀로 성장하는 과정에 놓인 청소년들의 심리 변화를 섬세하게 그린 표제작을 비롯해 현실적인 청소년들의 한계와 모순을 그린 5편의 단편소설을 엮었다.

★ 어린이도서연구회 청소년 권장도서

21. 리남행 비행기 김현화 지음

봉수네 가족이 북한을 탈출해 리남행 비행기에 오르기까지의 여정이 긴장감 있게 그려져 있다. 온갖 역경 속에서도 인간애와 가족애를 잃지 않는 모습이 진한 감동을 선사한다.

★ 제5회 푸른문학상 수상작　★ 책따세 추천도서　★ 한국문화예술위원회 우수문학도서

22. 겨울, 블로그 강 미 지음

자신만의 길을 찾아가는 청소년들이 종횡무진 활동하는 네 편의 작품을 담았다. 청소년들의 일상을 정확하고 섬세하게 묘사하여 그들이 나아갈 수 있는 길을 오롯이 보여 준다.

★ 문화체육관광부 우수교양도서　★ 아침독서 청소년 추천도서　★ 한국출판인회의 선정 이달의 책

23. 네가 하늘이다 이윤희 지음

1894년 동학 농민 운동을 배경으로 새로운 세상을 꿈꾸었지만 결국 이름조차 남기지 못하고 스러져 간 농민군의 이야기를 감동적으로 그려 낸 대하역사소설.

★ 아침독서 청소년 추천도서　★ 한국어린이문화대상 수상작

24. 벼랑 이금이 지음

원조 교제, 첫 키스, 협박, 폭력……. 거친 현실의 이면에 감춰진 청소년들의 내면을 섬세하게 다루고 있는 이금이 작가의 연작청소년소설.

★ 한국문화예술위원회 우수문학도서　★ 아침독서 청소년 추천도서　★ 네이버 북리펀드 선정도서

25. 뚜깐뎐 이용포 지음

서기 2044년, 한국에서 영어 공용화 법안이 통과된 뒤 영어가 일상어로 자리를 잡은 때와 한글이 박해를 받던 연산군 시절을 오가며 현대인들에게 진지한 성찰의 기회를 제공한다.

★아침독서 청소년 추천도서 ★대한출판문화협회 올해의 청소년도서 ★〈중앙일보〉 선정 이달의 책

26. 천년별곡 박윤규 지음

천 년의 시간을 애증과 그리움으로 버틴 주목나무의 이야기를 절제된 감성으로 그린 작품. 시 형식을 차용한 소설인 '시소설'이란 신선한 장르에 애절한 정서를 잘 녹여 냈다.

★한우리가 선정한 좋은 책

27. 지귀, 선덕 여왕을 꿈꾸다 강숙인 지음

지귀 설화 속에 숨어 있는 선덕 여왕 이야기를 담은 역사소설. 지귀와 선덕 여왕, 김춘추와 김유신 등 시대의 격랑에 휘말린 이들의 삶과 사랑이 독자들의 가슴속에 파고든다.

★책따세 추천도서 ★네이버 북리펀드 선정도서 ★아침독서 청소년 추천도서

28. 청아 청아 예쁜 청아 강숙인 지음

〈심청전〉을 현대적으로 재해석한 소설. 새로운 시각의 심청과 서해 용왕 그리고 그의 아들을 등장시켜 '보이지 않는 사랑 이야기'를 통해 참다운 사랑의 의미를 되새기게 한다.

★한국출판인회의 선정 이달의 책 ★중앙독서교육 선정도서

29. 살리에르, 웃다 문부일 외 지음 ✱

'엄친아'와의 비교에 시달리며 자신을 '살리에르'라 믿는 청소년들에게 건네는 '꿈'에 관한 다섯 가지 이야기. 꿈을 향한 청소년들의 힘차고도 아름다운 몸부림이 담겼다.

★제6회 푸른문학상 수상작 ★아침독서 청소년 추천도서 ★학교도서관사서협의회 추천도서

30. 사라지지 않는 노래 배봉기 지음

세계적 미스터리의 하나인 이스터 섬 모아이 석상의 비밀을 소재로 인간의 파괴적 욕망과 그것을 극복했을 때 찾을 수 있는 평화를 보여 준다.

★문화체육관광부 우수교양도서 ★네이버 북리펀드 선정도서 ★국립어린이청소년도서관 추천도서

31. 김홍도, 조선을 그리다 박지숙 지음

김홍도의 그림을 통해 그의 삶을 다룬 연작으로, 작가 특유의 상상력과 깊이 있는 통찰력으로 '인간 김홍도'의 삶을 생생하게 되살려낸 본격 역사소설이다.

★문화체육관광부 우수교양도서 ★〈소년조선일보〉 추천도서 ★아침독서 청소년 추천도서

32. 새가 날아든다 강정규 지음

한국 전쟁을 직접 경험한 세대가 전쟁과 분단과 이산이라는 문제를 다른 시각에서 조명한 작품. 역사의 굴곡을 넘어 당대의 사람들이 더불어 살아가는 이야기를 일곱 편의 소설에 담았다.

★아침독서 청소년 추천도서

33. 에네껜 아이들 문영숙 지음 *

구한말 멕시코의 낯선 농장으로 이주한 조선 사람들이 노예처럼 일하며 온갖 고난과 수모를 당하지만 불굴의 의지로 희망의 새로운 터전을 마련한 내용을 담은 역사소설.

★ 책따세 추천도서   ★ 대한출판문화협회 올해의 청소년도서   ★ 아침독서 청소년 추천도서

34. 밤나무정의 기판이 강정님 지음

1950년대를 배경으로 소년 기판이의 각별하고도 애틋한 성장과 모험과 죽음을 다룬 이야기. 작가 특유의 입담과 사투리에 실린 당시의 일상과 풍속이 눈앞에 생생하게 되살아난다.

★ 한국문화예술위원회 우수문학도서   ★ 대한출판문화협회 올해의 청소년도서   ★ 아침독서 청소년 추천도서

35. 스쿠터 걸 이 은 지음

질풍노도의 시기인 청소년기의 한복판에 서 있는 열다섯 살 중학생들을 본격적으로 등장시 킴으로써 중학생들의 삶을 밀도 있게 그려 낸 청소년소설집.

★ 한국간행물윤리위원회 우수청소년저작 당선작   ★ 학교도서관저널 추천도서

36. 우리 반 인터넷 소설가 이금이 지음

거짓이 휘두르는 보이지 않는 폭력에 '진실'이 어떻게 왜곡되고 유배되는지를 청소년들의 생 생한 세태 묘사와 치밀한 구성을 바탕으로 보여 준다.

★ 네이버 북리펀드 선정도서   ★ 학교도서관저널 추천도서   ★ 국립어린이청소년도서관 추천도서

37. 열네 살, 비밀과 거짓말 김진영 지음

습관적인 도둑질에 빠져들면서 비밀과 거짓말이 늘어나게 된 평범한 열네 살 소녀 하리가 다 시 삶의 진실을 찾아가는 성장소설.

★ 한국간행물윤리위원회 청소년 권장도서   ★ 문화체육관광부 우수교양도서

38. 허황옥, 가야를 품다 김 정 지음

먼 바다를 건너 가야로 온 인도 아유타국 공주 허황옥의 삶을 조명하면서, 철을 바탕으로 국 제 무역의 중심지로 자리했던 가야의 역사를 생생히 전하는 역사소설이다.

★ 학교도서관저널 추천도서   ★ 대한출판문화협회 올해의 청소년도서

39. 외톨이 김인해 외 지음 *

요즘 청소년들의 왜곡된 삶과 고민을 가감 없이 보여 주며, 그들의 정서적 긴장감과 내면적 따뜻함을 동시에 그리고 있는 세 편의 단편소설이 실려 있다.

★ 제8회 푸른문학상 수상작   ★ 국립어린이청소년도서관 사서 추천도서   ★ 아침독서 청소년 추천도서

40. 그래도 괜찮아 안오일 지음

현실의 부정과 좌절에 길항하는 청소년들의 고민을 진정성 있게 담아낸 청소년시집. 청소년 들이 지닌 '생기'를 유감없이 보여 주며 긍정과 희망의 메시지를 전한다.

★ 한국간행물윤리위원회 우수청소년저작 당선작   ★ 한국문화예술위원회 우수문학도서

41. 소희의 방 이금이 지음 ✱

이금이 작가의 대표작 『너도 하늘말나리야』의 후속작. 달밭마을을 떠나 재혼한 친엄마와 재회해 새 가족의 일원이 된 열다섯 소희의 욕망과 아픔을 다룬 성장소설이다.
★ 한국문화예술위원회 우수문학도서   ★ 한겨레·예스24 선정 청소년책 30선

42. 조생의 사랑 김현화 지음

조선시대를 배경으로 청년 '조생'이 청나라에 파견되는 연행사로 길을 떠나 사랑과 우정, 정의, 신념 등 삶의 진리를 깨달아가는 과정을 그린 청소년 역사소설.
★ 서울시교육청 남산도서관 사서 추천도서   ★ 〈아침햇살〉 선정 좋은 청소년책

43. 아버지, 나의 아버지 최유정 지음

위탁가정에 맡겨진 열여섯 살 연수가 자신의 친아버지를 찾아 떠나는 여정을 통해 진정한 자아 정체성을 확립해 가는 과정을 밀도 있게 그렸다.
★ 한국문화예술위원회 우수문학도서   ★ 〈아침햇살〉 선정 좋은 청소년책

44. 타임 가디언 백은영 지음

타임 슬립이라는 장치를 통해 개인과 사회에서 일어나는 현실의 문제들을 조명하는 본격 청소년 SF소설. 시공간을 뛰어넘는 구성과 예측할 수 없는 독특한 상상력을 맛볼 수 있다.
★ 〈아침햇살〉 선정 좋은 청소년책

45. 분청, 꿈을 빚다 신현수 지음

고려 최고의 사기장의 아들인 강뫼가 왜구 침입과 왕조의 변혁 등 극한 시대 상황 속에서 분청사기를 만들기까지의 과정을 흡인력 있게 그린 역사소설.
★ 대한출판문화협회 올해의 청소년도서   ★ 아침독서 청소년 추천도서

46. 방울새는 울지 않는다 박윤규 지음 ✱

5·18이라는 역사적 사건을 배경으로 그려지는 명창 소녀 '방울'과 고수 '민혁'의 안타까운 사랑 이야기. 슬픈 현대사를 정면으로 바라보고 올바르게 판단할 수 있는 용기를 준다.
★ 학교도서관저널 추천도서   ★ 한국문화예술위원회 우수문학도서

47. 악어에게 물린 날 이장근 지음

현직 중학교 교사인 시인이 청소년과 함께 호흡하면서 체험한 담백하고 직설적인 언어가 공감을 불러온다. 청소년들 질풍노도가 마음껏 활개 칠 수 있도록 기운을 북돋는 청소년시집.
★ 책따세 추천도서   ★ 대한출판문화협회 올해의 청소년도서   ★ 어린이도서연구회 청소년 권장도서

48. 찢어, Jean 문부일 지음

아르바이트, 집단 따돌림 등 청소년들이 공감할 수 있는 일곱 편의 이야기가 담겼다. 현실에 갇혀 사는 청소년들의 일탈을 유쾌하면서도 진정성 있게 담았다.
★ 아침독서 청소년 추천도서   ★ 한국문화예술위원회 우수문학도서

49. 불량한 주스 가게 유하순 외 지음

실수와 시행착오를 반복하다가 돌연 성장의 분기점을 지나는 청소년들의 '오늘'을 포착했다. 좌절과 반성의 언어조차 싱그러운 청소년들을 응원하게 만드는 네 편의 단편소설 모음.

★ 제9회 푸른문학상 수상작 ★ 아침독서 청소년 추천도서 ★ 네이버 북리펀드 선정도서

50. 신기루 이금이 지음

엄마와 엄마 친구들과 함께 몽골 사막 여행을 떠난 열다섯 다인이가 보낸 6일간의 여정을 통해 또 다른 생명의 고리로 순환되는 모녀 관계에 대한 고찰을 여행기 형식으로 그렸다.

★ 네이버 북리펀드 선정도서 ★ 서울시립어린이도서관 추천도서 ★ 아침독서 청소년 추천도서

51. 우리들의 매미 같은 여름 한 결 지음

섭식장애를 앓고 있는 모녀, 성추행, 보이콧 등 청소년들이 겪는 지독하게 뜨겁고 아픈 이야기가 담겨 있다. 청소년들이 자신 그리고 세상과 화해하는 여정을 솔직담백하게 그렸다.

★ 한국문화예술위원회 우수문학도서 ★ 네이버 북리펀드 선정도서

52. 모래시계가 된 위안부 할머니 이규희 지음

일본군 위안부로 끌려가 꽃다운 처녀 시절을 유린당한 황금주 할머니의 실제 이야기를 김은비라는 소녀의 이야기와 엮어 액자 형식으로 쓴 소설로, 일본어로도 번역 출간되었다.

★ 국제펜문학상 수상작 ★ 학교도서관저널 추천도서 ★ 경기도교육청 추천도서

53. 까레이스키, 끝없는 방랑 문영숙 지음

소련의 강제 이주 정책으로 시베리아 횡단 열차를 탔던 17만여 명의 까레이스키들의 고난과 역경, 도전과 설움을 절절하게 그린 역사소설이다.

★ 한국문화예술위원회 우수문학도서 ★ 아침독서 청소년 추천도서 ★ 한우리가 선정한 좋은 책

54. 나는 랄라랜드로 간다 김영리 지음

기면증을 앓는 소년과 그의 가족이 게스트하우스를 사수하기 위해 펼치는 소동을 재기 발랄하게 그렸다. 절망 속에서도 웃으며 싸울 줄 아는 청춘의 싱그러운 맨얼굴이 돋보인다.

★ 제10회 푸른문학상 수상작 ★ 아침독서 청소년 추천도서 ★ 한국문화예술위원회 우수문학도서

55. 열다섯, 비밀의 방 장미 외 지음 *

영혼의 도플갱어를 찾아 헤매는 외로운 청소년의 자화상이 네 편의 단편소설 속에 어우러져 있다. 청소년들의 내면의 목소리들이 조화롭게 어우러져 다양한 빛깔의 공명음을 들려준다.

★ 제10회 푸른문학상 수상작 ★ 학교도서관사서협의회 추천도서

56. 눈썹 천주하 지음

암에 걸려 1년 4개월 동안 치료를 받던 열일곱 살 소녀가 일상으로 돌아온 뒤의 이야기를 담고 있다. 가족과 친구, 일상이 얼마나 가치 있는 것인지를 새삼 깨우쳐 준다.

★ 국립어린이청소년도서관 사서 추천도서 ★ 한국문화예술위원회 우수문학도서 ★ 아침독서 추천도서

57. 나는 지금 꽃이다 이장근 지음

청소년들의 삶을 제대로 들여다보고 마음을 헤아리는 시 창작 과정을 통해 나온 본격적인 청소년을 위한 시로, 삶이 점점 피폐해지고 있는 청소년들의 마음을 어루만져 준다.

★ 문화체육관광부 우수교양도서   ★ 어린이도서연구회 청소년 권장도서   ★ 학교도서관저널 추천도서

58. 우리들의 사춘기 김인해 지음

겉으로 잘 드러나지 않는 소년들의 감성을 날카롭게 포착하여 진솔하고 강렬하게 그려낸 '소년들을 위한' 소설집. 표제작을 비롯한 여섯 편의 단편청소년소설을 담고 있다.

★ 국립어린이청소년도서관 사서 추천도서   ★ 한국문화예술위원회 우수문학도서

59. 여우 소녀 미랑 김자환 지음

조선시대 임진왜란 발발 즈음의 여수 지방을 배경으로, 구미호에게 아버지를 잃은 묘남과 구미호의 딸 여우 소녀 미랑의 애틋한 사랑 이야기를 담고 있다.

★ 새벗문학상 수상작가

60. 얼음이 빛나는 순간 이금이 지음

아이와 어른의 경계에서 몸살을 앓던 두 소년이 5년 뒤 전혀 다른 풍경을 띠게 된 각자의 삶을 응시한다. 우연으로 시작해 선택으로 이루어지는 인생의 내밀한 진실을 담았다.

★ 윤석중문학상 수상작가   ★ 학교도서관저널 추천도서

61. 택배 왔습니다 심은경 지음

질풍노도를 겪는 청소년과 그의 가족, 친구, 사회의 풍경을 그린 여섯 편의 단편청소년소설. 건강하게 자립하고 따뜻하게 소통할 줄 아는 인물들의 모습에서 희망을 엿볼 수 있다.

★ 한국문화예술위원회 우수문학도서   ★ 학교도서관저널 추천도서   ★ 아침독서 청소년 추천도서

62. 똥통에 살으리랏다 최영희 외 지음 *

팍팍한 사회 현실 속 청소년들의 고민을 각기 다른 개성으로 그린 네 편의 단편청소년소설을 묶었다. 부조리한 사회와 욕망을 관찰하고 풍자하는 이야기가 공감을 불러일으킨다.

★ 제11회 푸른문학상 수상작   ★ 아침독서 청소년 추천도서   ★ 국립어린이청소년도서관 사서 추천도서

63. 나에게 속삭여 봐 강숙인 지음

어느 날 갑자기 죽음을 맞이한 열일곱 살 소년 서준과 혼령의 기를 느끼는 소녀 아리 그리고 서준의 쌍둥이 여동생 유주가 각자의 방법으로 성장해 나가는 청소년 판타지소설.

★ 윤석중문학상 수상작가   ★ 학교도서관저널 추천도서

64. 아버지의 알통 박형권 지음

촌스러운 아빠와 바닷가 마을에 살게 되면서 정직하게 일하는 사람들을 만나며 한층 성장해 가는 주인공의 이야기가 유쾌한 감동을 선사한다.

★ 한국안데르센상 수상작가

65. 나는 나다 안오일 지음

청소년들에게 자신의 꿈이 무엇인지 알게 해 주어 스스로 자신의 삶에 당당하게 맞서는 모습을 보고 싶다는 작가의 바람을 담은 청소년시 57편이 실려 있다.

★제8회 푸른문학상 수상작가

66. 순희네 집 유순희 지음

순희네 집에 얽힌 가슴 아프지만 따뜻한 이야기와 성장통을 겪는 순희의 모습을 작가 특유의 섬세한 문장 안에 담아낸 자전적 소설이다.

★제14회 MBC 창작동화대상 수상작 ★제8회 푸른문학상 수상작가 ★한국출판문화산업진흥원 선정 세종도서

67. 첫 키스는 엘프와 최영희 지음

제11회 푸른문학상 수상작가의 첫 청소년소설집으로, 미래에 대한 압박감에 갇혀 십 대 시절을 보내는 오늘의 청소년들에게 부치는 편지 같은 소설 여섯 편을 묶었다.

★제11회 푸른문학상 수상작가 ★아침독서 청소년 추천도서 ★어린이도서연구회 청소년 권장도서

68. 숨은 길 찾기 이금이 지음 *

이금이 작가의 대표작 『너도 하늘말나리야』의 두 번째 후속작으로 소희의 욕망과 아픔을 다룬 『소희의 방』에 이어 달밭마을에 남은 미르와 바우의 사랑과 꿈을 섬세하게 그려 낸 성장소설이다.

★소천아동문학상 수상작가 ★한국출판문화산업진흥원 선정 세종도서

69. 스키니진 길들이기 김정미 외 지음 *

아직 미완성인 '나'의 정체성을 찾기 위해 고군분투하는 청소년들의 모습을 그린 네 편의 단편청소년소설이 실려 있다. 청소년이라면 누구나 고민해 봤을 만한 이야기가 공감을 불러일으킨다.

★제12회 푸른문학상 수상작 ★한국출판문화산업진흥원 선정 이달의 책 ★아침독서 청소년 추천도서

70. 나는 블랙컨슈머였어! 윤영선 외 지음 *

우리 사회를 바라보는 날카로운 시선과 따뜻한 유머가 다채롭게 어우러진 네 편의 청소년소설을 엮었다. 삭막한 현실 속에서도 당당히 자신의 길을 가는 청소년들의 이야기가 매력적이다.

★제12회 푸른문학상 수상작

71. 우리는 가족일까 유니게 지음

5년 만에 엄마의 부고와 함께 미국에서 돌아온 동생으로 인해 방황하는 열일곱 살 소녀의 성장기를 그렸다. 고통스러운 시간을 함께 이겨 내는 가족의 소중함을 다시금 일깨워 준다.

★한국출판문화산업진흥원 선정 세종도서 ★서울시교육청 어린이도서관 청소년 권장도서

72. 사과를 주세요 진 희 외 지음 *

꿈과 현실 사이에서 당차게 자신의 길을 찾아 나선 청소년들의 삶을 이야기하는 네 편의 청소년소설이 실려 있다. 찬란하게 빛나는 청소년들의 굳건한 의지와 신념이 유쾌하고 따뜻한 시선으로 그려진다.

★제13회 푸른문학상 수상작 ★한국출판문화산업진흥원 선정 세종도서

73. 신라 공주 파라랑 김정 지음

고대 페르시아 서사시 「쿠쉬나메」의 시공간을 배경으로 한 역사소설. 낯선 이국 땅 페르시아로 건너가 사랑으로 고난을 극복하는 신라 공주 파라랑의 삶은 희망이라는 인간 본연의 메시지를 전한다.

★제1회 푸른문학상 수상작가 ★학교도서관저널 추천도서

74. 옥상에서 10분만 조규미 지음

제10회 푸른문학상 수상작가의 첫 청소년소설집으로, 관계 속에서 사소한 말이나 장난이 큰 사건이 되어 돌아왔을 때 겪게 되는 고민과 갈등을 섬세하게 다룬 소설 다섯 편을 묶었다.

★제10회 푸른문학상 수상작가 ★아침독서 청소년 추천도서 ★학교도서관사서협의회 추천도서

75. 별에서 별까지 신형건 지음

지난 30여 년간 아이들과 어른들 모두에게 사랑받는 동시를 써 온 시인의 작품 중 특별히 청소년들에게 공감을 살 만한 시들을 골라 엮었다. 자극적이지 않은 언어로 마음을 어루만지는 청소년시집.

★대한민국문학상 수상작가 ★한국출판문화산업진흥원 청소년 권장도서

76. 뱅뱅 김선경 지음

어른들은 몰라서 더 재미있는 진짜 우리 이야기, 지금 청소년들의 속마음을 거침없이 그려 낸 개성 강한 청소년시집. 긴 방황의 끝에서 진정한 자신을 찾기를 바라는 시인의 바람이 담겼다.

★어린이도서연구회 청소년 권장도서 ★아침독서 청소년 추천도서 ★학교도서관사서협의회 추천도서

77. 우리들의 실연 상담실 이수종 지음

실연 극복 프로젝트에 참가하는 다섯 명의 아이들이 서로를 보듬으며 사랑의 아픔을 극복하는 과정을 담았다. 청소년들의 마음결을 다독이는 위로의 목소리는 다시 사랑할 에너지를 불어넣는다.

★제12회 푸른문학상 수상작가 ★학교도서관사서협의회 추천도서

78. 연애 세포 핵분열 중 김은재 지음

꽃보다 아름다운 열일곱 살 청춘들이 진정한 사랑을 찾기 위해 나섰다. 아름다운 사랑을 꿈꾸지만, 사랑에 서툴러 좌충우돌, 고군분투하는 청소년들의 성장을 그린 여섯 편의 청소년소설을 한데 엮었다.

★제13회 푸른문학상 수상작가 ★학교도서관저널 추천도서 ★아침독서 청소년 추천도서

79. 데이트하자! 진 희 지음

옴니버스 형식으로 구성된 다섯 편의 단편으로 이야기의 구조적 완결성과 섬세한 심리 묘사가 뛰어나다. 청소년 특유의 발랄한 일상과 그 안에 깃든 고민, 성장통을 따뜻한 시선으로 담아냈다.

★제13회 푸른문학상 수상작가 ★학교도서관저널 추천도서 ★울산남부도서관 올해의 책

80. 세 번의 키스 유순희 지음

현대 미디어의 중심이 된 '아이돌'과 그들의 일거수일투족을 놓치지 않으려는 '사생팬'의 심리를 날카롭게 포착했다. 언제든 다시 출발선에 설 수 있는 청춘의 무한한 가능성을 깨닫게 한다.

★제8회 푸른문학상 수상작가 ★국어 교과서 수록작가

81. 파란 담요 김정미 지음

「스키니진 길들이기」로 제12회 푸른문학상 '새로운 작가상'을 수상하며 깊은 인상을 남겼던 김정미 작가의 첫 청소년소설집. 청소년들의 다양한 고민들을 폭넓게 아우른 여섯 편의 소설이 그들의 상처 입은 마음을 따스하게 위로한다.

★한국문화예술위원회 문학나눔 선정도서   ★학교도서관저널 추천도서   ★학교도서관사서협의회 추천도서

82. 그 애를 만나다 유니게 지음

완벽하다고 믿었던 일상이 한순간에 무너진 순간, '그 애'가 나타난다. 그 애와 함께하는 동안 자신이 진정으로 바라는 모습이 무엇인지 고민하며, 절망을 희망으로 바꾸어 나가는 주인공의 성장기가 진한 감동을 선사한다.

★아침독서 청소년 추천도서   ★학교도서관저널 추천도서   ★학교도서관사서협의회 추천도서

83. 너를 읽는 순간 진 희 지음

바쁜 현대의 삶 속에서 따뜻하게 보살핌받지 못하는 우리 청소년들의 아픔과 외로움을 고스란히 담았다. 주인공 '영서'를 향한 다섯 인물들의 연민과 동정, 질투나 죄책감 같은 본연의 감정들이 엇갈리듯 그려진다.

★한국문화예술위원회 문학나눔 선정도서   ★대한출판문화협회 해외전파사업 선정도서

84. 기린이 사는 골목 김현화 지음

타인의 고통에 둔감한 현대인들의 마음속 순수의 세계를 밝혀 줄 이야기. 아픔과 슬픔을 공유하고 건강한 성장통을 앓는 열다섯 살 선웅, 은형, 기수의 가슴 따뜻한 이야기가 펼쳐진다.

★제5회 푸른문학상 수상작가

♣〈푸른도서관〉 시리즈는 계속 나옵니다!